ANTONE RAMON

Tome III

Amédée Guiard

Edition : Culturea (culurea.fr), 34 Hérault
Contact : infos@culturea.fr
Impression : BOD, Norderstedt (Allemagne)
ISBN :9791041814176
Date de publication : juillet 2023
Mise en page et maquettage : https://reedsy.com/
Cet ouvrage a été composé avec la police Bauer Bodoni

TROISIÈME PARTIE
LA CLOCHE

CHAPITRE I

CONVALESCENCE

Depuis trois semaines Georges attend le retour d'Antone. Sa mère d'abord lui a envoyé des nouvelles. Il va mieux. Il a conquis la famille par son obéissance, son repentir, sa gentillesse. L'abbé Buxereux s'était promis de le gronder, mais devant sa grâce et sa naïveté, il a désarmé. Puis on l'a ramené à Sermenaz et depuis, la maison semble plus triste. Bridgette le regrette beaucoup. C'est ensuite Antone lui-même qui met son ami au courant de sa vie de convalescent : une imprudence retarde l'heure de son retour et le docteur Bradu l'a envoyé à Nice. Il proteste de son amitié, aspire à le revoir, et lui raconte ses espiègleries avec Bridgette : « Maman t'aime beaucoup ; il est convenu que tu passeras les grandes vacances avec moi ; mais comme c'est loin ! » Et c'est une avalanche de cartes postales signées : *Ton ami.*

Georges voudrait lui répondre affectueusement ; il n'ose : ses lettres seront lues en effet par le Supérieur ; s'il demandait au Père Levrou de les envoyer comme naguère celles qu'il adressait à sa mère à l'époque de sa première communion. Mais non, ce n'est plus la même chose. Il est sur la limite indécise où l'on ne sait si l'on agit par honte ou par pudeur ; il se contente dans sa lettre à Antone de reproches sur son imprudence, de détails scolaires, de conseils de grand'père. Et voici qu'en se relisant il s'aperçoit qu'il l'a tutoyé. Que pensera le Supérieur qui malgré l'habitude générale proteste toujours contre cette familiarité de mauvaise éducation ? Il n'a ni le temps ni le courage de recommencer. Alors il corrige les *tu* en *vous.* Parfois il oublie des retouches et les phrases deviennent bizarres : « Vous me dites sur ta dernière carte… Soigne-vous bien. » La lettre partie il est bourrelé de remords : « Comme il va me trouver glacial ! » Et il attend la réponse avec inquiétude. Enfin elle arrive :

« Mon cher Georges, tu ne peux savoir le plaisir que tu m'as fait. C'est bien toi, ton courage, ton amitié dévouée. » Georges a peur. Évidemment, c'est de l'ironie. Mais non, jusqu'au bout, jusqu'à l'au revoir la lettre est toujours aussi joyeuse, aussi confiante. Georges s'étonne, car il ne sait pas que les mots ont exactement la valeur sentimentale que nous leur donnons.

Il n'a pas eu d'explication avec Miagrin. À quoi bon ? Il a percé à jour la fausseté de cet élève modèle. Il sait bien qu'à l'arrivée d'Antone, ce sera la lutte entre eux deux, mais il ne le craint pas, il l'attend, décidé à défendre son ami de toutes ses forces. D'ailleurs Miagrin affecte l'indifférence la plus complète. On croirait que vraiment les vacances ont tout effacé, pourtant une crainte terrible hante l'esprit du sacriste. Ah ! s'il pouvait empêcher le retour d'Antone ou faire renvoyer Georges, puisqu'il n'a pu réaliser ses plans et que ses espérances, il le voit, sont désormais brisées ! Lui aussi pressent la lutte !

Enfin un soir de mai l'étude des moyens est brusquement agitée, comme la cime des forêts par le vent. Malgré les coups de règle du surveillant, la même exclamation se répète et se propage de banc en banc :

« Ramon ! c'est Ramon ! Ramon ? »

Tout heureux et souriant, bronzé comme un jeune Napolitain, les yeux vifs, la démarche sautillante, Antone est rentré et, rapide, monte à la chaire, ainsi qu'un chamois sur un roc. De cette position élevée, il tourne aussitôt les yeux vers l'angle d'où Georges Morère le contemple ravi. Il lui fait des signes d'intelligence, en écoutant le surveillant qui le sermonne et le renvoie à sa place. Mais hardiment il demande la permission d'aller parler à Morère, il affirme que sa mère lui a donné quelque chose de très important et de très pressé à lui remettre.

« Soit ! mais faites vite. »

Antone bondit, se dégage de ses condisciples qui l'arrêtent, brave les *hum !* narquois des Beurard et Patraugeat, et prolonge tellement ce premier bonjour que le surveillant le rappelle discrètement par quelques coups de crayon sur sa table.

« Tiens, de la part de maman. » Il est retourné à sa place en riant, et à peine assis, examine la figure de son ami. Georges dénoue méticuleusement les ficelles, et dans une boîte découvre un porte-carte de cuir vert orné de son chiffre en argent. Sa surprise réjouit fort Antone. Son regard dit clairement : « Ta mère est trop bonne ! Pourquoi ce cadeau ? » Mais Antone continue de l'examiner avec une impatience fébrile. Georges ouvre le portefeuille, rougit de plaisir, et le referme précipitamment ; il contient la photographie d'Antone. Si quelque Beurard indiscret l'apercevait ! quel dégoût à la pensée de son sourire railleur et idiot.

Le soir au réfectoire et surtout le lendemain à la récréation, Antone est entouré et fêté. C'est une chose charmante que cet intérêt des collégiens pour un camarade enfin de retour. Leur babil d'oiseaux est intarissable. Il faut bien lui donner les nouvelles. « On n'a plus qu'une semaine à gagner pour avoir la promenade de classe. – Tu sais qu'on joue *Britannicus* à la fête du Supérieur. Il y aura, paraît-il, de très jolis costumes. – Morère a été vainqueur à la course à pieds. »

Et des compliments !

« Trente kilomètres sous la pluie, tu n'as pas peur !

– Et pour aller voir Morère ! dit une voix aigre.

– Il n'en valait pas la peine ! » appuie lourdement Patraugeat.

Antone est heureux. Il ne reconnaît plus la maison. Sa grande façade lourde avec son fronton orné d'un blason sculpté, resplendit toute blanche en cette belle matinée de mai. Les sureaux et les fusains se sont ennuagés d'une fine et légère verdure, les marronniers de la cour soutiennent l'opulence de leur royal feuillage où les grappes blanches, les pains de hanneton, pointent comme des aigrettes persanes. Le Revermont a perdu ses brumes tristes et grises ; dans la lumière frissonnent ses champs de maïs, et sa vieille tour de Jasseron à demi écroulée se dore comme la tant vieille tour du More de la romance. Et puis Georges est là. Antone lui raconte les soins que sa mère lui a donnés et il ne tarit pas de souvenirs sur ses sœurs et surtout sur les malices de Bridgette. Il est de la famille.

Le soir, c'est la surprise du mois de Marie. On s'en va en procession à la chapelle, on passe à côté des rouges corbeilles de pivoines, tandis que, dans le jardin cher au Supérieur, Vulcain le jardinier sévère et boiteux rafraîchit de sa pompe les rosiers et les plates-bandes de giroflées.

On écoute une brève louange des vertus de la Sainte-Vierge, heureux quand il arrive quelque accident, comme l'avant-veille à l'excellent Perrotot. Il exaltait la bonté de la Sainte Vierge Marie qui, disait-il, « a pitié des plus mauvais *prêcheurs* ». Ce lapsus avait excité les rires et les rires désarçonnaient le sermonnaire qui, malgré ses terribles regards à droite et à gauche, n'avait pu retrouver la suite de sa phrase. Pour couper court à son silence prolongé l'abbé Framogé avait commandé : « Prenez le cantique à la page 35 : Au secours, Vierge Marie, Au secours, viens sauver mes jours. » Alors Feydart toujours malin avait introduit une variante que répétaient aussitôt ses voisins : « Au secours, finis mon discours. »

L'exercice terminé, on restait en récréation tant que durait le jour. Mais il fallait jouer. Recommandation bien superflue ! Après des journées si chaudes cette douceur du soir ranimait les enfants et au premier signal ils s'égrenaient dans la cour comme un sac de perles. Une partie de chat coupé s'organisait spontanément. Avec des cris d'hirondelles qui rasent la terre et entremêlent les lignes fantasques de leur vol, ils couraient les uns après les autres, filaient comme des flèches entre le poursuivi et le poursuivant, obligeant le limier à prendre le change, se grisaient d'audace et de mouvement. Ce jeu trop puéril, qui le jour les eût rebutés, alors les soulevait de plaisir. L'air était souple comme un bain tiède, les poitrines, haletantes de la course, aspiraient les senteurs des sureaux, des seringats et des proches lilas. Peu à peu la lumière se faisait plus mauve et plus mystérieuse. Antone s'en donnait à cœur joie, tout entier à la crainte enfantine de se laisser atteindre, et dans les mille détours de la poursuite, content de retrouver l'élasticité de ses membres, heureux de la bonne camaraderie d'Émeril, de Cézenne, d'Aubert, de tous. Il s'élançait éperdûment, s'efforçait de toucher Georges et soudain se voyait obligé de courir après Miagrin qui s'était glissé entre eux deux.

Déjà les carreaux de l'étude s'éclairaient de la lueur des lampes [que] les réglementaires allumaient dans les galeries. Implacable la cloche sonnait. Alors la claquette de l'abbé Russec avertissait les plus acharnés, ceux qui ne veulent pas se laisser prendre, même après le signal, même « quand ça ne compte plus. » Le visage rouge, le front en sueur, la gorge encore toute palpitante, Antone reprenait sa place. Ah ! cette cloche qui rappelle à chaque instant, comme il lui en veut d'interrompre le jeu du soir. En vrai gamin, il lui montre le poing, au milieu des rires de ses camarades.

« Vous courez trop, vous êtes tout en sueur : vos parents vous ont pourtant bien recommandé de faire attention. »

C'est l'abbé Russec qui passe sa main dans le col d'Antone et le gronde.

Il a raison. Mais allez donc forcer un enfant à l'immobilité, quand les autres jouent, quand il n'a pas joué lui-même depuis un mois.

On rentre. Derrière eux, dans les cours larges et vides le calme s'étend comme une nappe ; les lourds feuillages s'assombrissent et dans le crépuscule s'agitent les blanches aigrettes des marronniers, heurtées par les élytres bruissantes des hannetons rôdeurs.

CHAPITRE II

ANTONE S'ÉPANOUIT, GEORGES S'INQUIÈTE

Le lendemain Antone s'est levé avec un point de côté. Il a dû voir le docteur Thanate à la visite. Décidément il n'est pas tout à fait guéri puisqu'on l'oblige à garder l'infirmerie pendant les récréations. Aussitôt Miagrin en a profité pour essayer de le relancer. Mais dès les premiers mots, son ancien esclave lui a brutalement signifié :

« Non, c'est fini, laisse-moi la paix.

- Alors c'est le lâchage ; tu t'en repentiras.

- Assez.

- Tu sais quand je le voudrai, ton Georges sera mis à la porte. »

Mais Antone sourit et répond :

« Flûte. »

Miagrin comprend l'allusion ; il riposte :

« Tu n'as aucune preuve en main, rien : moi ce n'est pas la même chose, aussi je te conseille de garder cela pour toi. »

À ce moment rentre Charles Cathelin, élève de seconde qui devait tenir le rôle de Britannicus, et qui est tombé malade ; Monsieur Berbiguet s'informe de sa santé ; impossible de le prendre avant quinze jours. Homme de décision brusque, le professeur se tourne vers Antone, tandis que Miagrin disparaît.

« Vous, qu'est-ce que vous avez appris au dernier trimestre ?... Andromaque ? bon, récitez le commencement. »

Antone obéit et d'une voix rapide, incolore et mécanique, il découpe ainsi les premiers vers :

Oui-puis-je-retrouver, un ami-si-fidèle.
Ma-fortune-va-prendre, une face-nouvelle.
Et déjà-son-courroux, semble-s'être-adouci.
Depuis-qu'elle-a-pris-soin, de-nous-rejoindre-ici.

« Voyons, déclare M. Berbiguet, vous avez pourtant l'air intelligent. Qu'est-ce que cette récitation ! Oreste et Pylade sont deux amis qui se revoient après six mois de séparation, et vous croyez qu'ils se parleront sur ce rythme de manivelle ? » Et il explique : « *"Oui"*, dit Oreste, - avec certitude et ravissement, - *"puisque je retrouve un ami"*, - très lent, cela s'impose, et un arrêt pour détacher avec tendresse les deux derniers mots *"si fidèle"*. Sentez-vous qu'à ce moment il doit lui serrer la main pour le remercier. *"Ma fortune va prendre une face nouvelle"*, - il le croit et par conséquent, c'est un vers plein d'espérance qui doit sonner joyeusement. *"Et déjà son courroux"*, d'un ton plus sombre ; ce courroux, c'est la fatalité antique, c'est l'oracle qui lui a ordonné de tuer sa mère ! Cependant la confiance l'emporte et il murmure harmonieusement avec abandon la fin : *"semble s'être adouci, Depuis qu'elle a pris soin,* (comme une mère), *de nous rejoindre ici"*. Et il l'embrasse, évidemment. Comprenez-vous un peu ?

- Oui, Monsieur.

- Eh ! bien, répétez maintenant. »

Un peu intimidé et en s'appliquant, Antone reprend les autres vers. Il détaille « *l'ami si fidèle* » avec un peu d'exagération et module le dernier vers de sa voix la plus caressante.

« Vous y êtes, s'écrie M. Berbiguet. Avec du travail, ça sera parfait. »

Et le voici qui s'asseoit près d'Antone, ouvre son Racine, le commente. L'enfant charmé découvre tout un trésor de beautés qu'il ne soupçonnait pas. Il faut qu'il apprenne quatre scènes en dix jours. Cela ne l'effraie pas. Il est si heureux d'avoir été distingué, choisi, initié par M. Berbiguet. Il brûle de lui montrer combien il le comprend. Et puis quelle gloire de jouer devant tous les élèves et leurs parents ! Tout de suite, il écrit à sa mère.

Dès le lendemain il peut réciter les deux premières scènes sans défaillance de mémoire. De temps en temps, M. Berbiguet réunit les acteurs dans sa chambre ; quand la répétition a bien marché, pour les récompenser, il les laisse se percher sur tous les meubles et lui-même, renversé dans un fauteuil, leur lit quelques pages de la *Légende des Siècles,* des *Poèmes Barbares,* de *Sagesse* ou des *Jeux Rustiques et divins.*

Et voici la Fête-Dieu. Le chanoine Raynouard a voulu récompenser la conduite d'Antone pendant les vacances de Pâques, il l'a désigné pour faire partie de l'escorte d'honneur à la procession. Il portera une de ces jolies lanternes dorées, mobiles sur une hampe. À droite et à gauche les élèves font la haie et chantent sous la direction de l'abbé Thiébaut : au milieu, resplendissent les cuivres de la fanfare, puis viennent les tout petits couronnés de roses, en soutanelles rouges avec des corbeilles pleines de pétales qu'ils jettent au coup de claquette du cérémoniaire. Ensuite s'avancent les thuriféraires et, enfin, le dais de drap d'or dont les bâtons sont portés par les élèves de philosophie et les cordons tenus par les Premiers Communiants.

Au chant des cantiques, sous les marronniers ensoleillés, Antone Ramon accompagne l'ostensoir vermeil que porte l'archiprêtre de la cathédrale, le vénérable Monsieur Destailles. Il mêle sa voix aux voix des petits communiants, son souffle au souffle embaumé des encensoirs, son âme aux roses que les menottes enfantines jettent gauchement avec la crainte de n'en plus avoir pour la fin. Il s'épanouit, il s'offre comme les hauts reposoirs multicolores qui surgissent parmi les ombrages avec leurs fleurs et leurs flammes dansantes, au détour de la Vallée Suisse, au fond de la grande allée des tilleuls, à l'entrée des jardins ou sous les quinconces qui bordent la Reyssouze. Sa foi s'exalte au contact de toutes ces fois. Est-ce la présence de Georges dirigeant les mouvements des thuriféraires ? est-ce l'approche du vieux prêtre chargé de sa lourde chape dorée quittant parfois le dais pour poser l'ostensoir sur la tête des petits frères et des petites sœurs ? est-ce cette fête du printemps dont les verdures s'harmonisent avec tous ces ors, toutes ces pourpres, toutes ces blancheurs ? Il ne saurait le dire, il ne s'analyse pas, mais s'abandonne à ce flux d'adorations et de prières. Des désirs de vie plus pure montent de son cœur. Il rêve d'être un chef, un héros, qui défend les siens, donne sa vie, sauve les innocents, brave les échafauds. Tandis qu'agenouillé, au moment de la bénédiction, les yeux suivent quelque sauterelle errante parmi les brins d'herbe, son imagination, surexcitée par son cœur, invente des scènes tragiques où s'affirment son courage et sa générosité. Puis les tambours battent, on se relève, et, développant sa longue théorie, la procession revient à la chapelle par les cours et le perron. De la cour du cloître, Antone aperçoit, par la porte grande ouverte, dans une pénombre profonde et fauve, le maître autel, magnifique brasier de cierges. La foule chante le *Te Deum* et les élèves se hâtent pour faire retentir sous les voûtes de la nef la rafale de joie du « *Per singulos dies* » : « Aujourd'hui, tous les jours, Seigneur, nous te bénissons. » La cloche là-haut s'unit à cette allégresse et sonne à toute volée la rentrée du cortège. Antone chante à plein gosier, soutenu par les grandes ondes de l'orgue, et mêlant sa voix à la clameur triomphale des enfants, à la sonnerie de la cloche. Car cette fois les portes ne sont pas fermées, l'autel n'est plus endeuillé de violet, ni les prêtres de noir comme aux Rameaux ; la voûte n'a plus le retentissement lugubre des caves ni des prisons : non, c'est la chapelle de l'allégresse exultante, de l'épanouissement, de la joie parfaite ; aujourd'hui encore, c'est vraiment la chapelle de son âme.

Pourtant, à cette même heure, par ces mêmes chemins enivrés, Georges est envahi de nouveaux scrupules. Tout en réglant les mouvements des thuriféraires, il a vu son ami radieux près du dais ; il n'a pas perdu une note de ses cantiques et à mesure que cette voix montait, il s'inquiétait lui-même de la douce volupté qu'il goûtait à l'entendre, de ces regards qui se posaient naïvement sur lui avec tant d'insistance. Ce concert de parfums, de chants, et de regards n'est pas simplement pieux. Antone s'ignore peut-être, mais Georges se demande si ce n'est pas sa présence qui le fait vibrer ainsi et une crainte religieuse le saisit. Est-ce qu'il attirerait à lui cette ferveur ? Est-ce qu'il étendrait le crépuscule de son amitié entre cette âme et le soleil de justice ? Voilà pourquoi Georges Morère est si grave, pourquoi parfois, il ferme les yeux afin de ne pas rencontrer les yeux d'Antone. Il craint de trop s'abandonner à cet attrait.

Le samedi suivant, la classe de troisième triomphe. Elle a obtenu son troisième éloge de classe et, solennellement, le Supérieur déclare qu'elle a droit à une promenade pendant une journée de travail. Les applaudissements ont éclaté sur tous les bancs. Antone songe : « Ce sera une bonne journée avec Georges ! »

Le même soir Georges va trouver le Père Levrou ; il lui raconte son trouble ; Antone l'inquiète, il le voudrait moins exagéré : il le craint.

« Il est ce qu'il est, répond l'abbé ; mais prenez garde. Si vous lui battez froid vous le relancez dans les aventures. La première expérience suffit, ne recommençons pas. Qu'il soit très expansif et par suite dangereux, vous le sentez vous-même. Alors, que vous dirai-je ? Consultez-vous. Si son amitié vous domine et vous alanguit, coupez court.

– Je ne veux pas l'abandonner.

– Si vous vous croyez capable de résister à cet enveloppement, continuez. Vous pouvez en effet avoir une très grande et très heureuse influence sur lui, mais à une condition.

– Laquelle ?

– C'est de vous méfier de son imagination et de sa sensibilité et de l'amener à une vue plus sérieuse de la vie.

– Mais le moyen ?

– N'allez pas trop vite, restez d'abord l'ami un peu grave et le guide patient. Si votre camaraderie peut subsister ainsi simple et loyale jusqu'à l'année prochaine, elle deviendra alors une solide amitié, car il n'y a pas de véritable amitié avant quinze ans. Voyons, est-ce que cela ne mérite pas quelques efforts ? Vous n'êtes plus un enfant, vous ?

– J'ai peur de moi.

– Tant mieux : on n'est jamais trop humble, mais ayez confiance en Dieu, et quel meilleur moyen de vous affermir dans le bien que de travailler à y affermir les autres ? Au lieu d'être un suiveur servile, ne voulez-vous pas être un entraîneur d'âmes ? Eh ! bien, commencez dès maintenant. »

CHAPITRE III

DANS LES COULISSES

La tradition dans cette vieille maison veut que la fête du Supérieur soit une surprise, bien que, huit jours avant, la Cour des Pluies retentisse sous les coups de marteau des ouvriers installant le théâtre. Le vendredi 6 juin les deux plus jeunes enfants vont prévenir le bon chanoine qu'on le demande à la salle des exercices. La tradition exige encore que juste à ce moment, chapeau en tête, parapluie en main, il s'apprête à sortir. Aussi refuse-t-il. Les deux benjamins insistent ; il leur demande leur raison, mais ceux-ci minaudent et ne veulent pas livrer le secret. Enfin le chanoine suit ses deux messagers qui se réjouissent de sa figure effarée lorsqu'à son entrée le collège éclate en applaudissements.

Et aussitôt commence le défilé des compliments français, grecs, latins, allemands, anglais, que le Supérieur absorbe avec bienveillance et auxquels il répond aimablement, du mieux qu'il peut, dans les langues qu'il sait.

Mais le grand attrait de cette fête, c'est la représentation dramatique du lendemain soir.

Cette fois Monsieur Huchois fait jouer « *Le Médecin malgré lui* », mais M. Berbiguet tente l'épreuve d'une tragédie classique avec rôles de femmes. *Britannicus* doit être représenté sans retouches et intégralement à quelques vers près.

À 7 heures, les acteurs montent s'habiller à la salle de musique, sous la surveillance des deux professeurs. On se dispute les costumes multicolores, robes de pourpre, blouses de paysan, pourpoints, cuirasses, toges blanches. On rit de Dubled qui s'efforce d'endosser la cuirasse de Burrhus sens devant derrière. On s'exclame devant les figures grimées devenues méconnaissables, devant Grétat, comique célèbre dans tout le collège, en Sganarelle, sa bouteille à la main. Antone revêt son costume de Britannicus, maillot, cuirasse de cuir, avec appliques d'or, tunique violette brodée de clinquant. Les grands l'entourent. Chamouin croise les ganses de ses sandales, Varageon lui tend un verre de punch, Dubled drape son manteau à l'antique. Antone habitué aux câlineries de ses tantes s'abandonne à leurs soins. Monsieur Berbiguet ne laisse pas le coiffeur l'enlaidir de fards épais et de perruques. Malgré les protestations d'Antone qui voudrait barbe et moustache, il se contente de faire accentuer les sourcils, ombrer les paupières, carminer les lèvres.

La représentation du *Médecin* commence. Antone, resté avec deux ou trois tragédiens, éprouve des appréhensions nouvelles : « Pourvu qu'il se rappelle son rôle ! » Chamouin déclare qu'il faut être un peu « parti » pour bien jouer. Il l'emmène au réfectoire où les autres acteurs boivent le grog, et lui en fait avaler deux grands verres.

Le premier acte de la comédie est fini, les artistes reviennent. Grétat furieux s'exclame : « Comment jouer proprement avec cet imbécile de Chouroux qui récite une leçon et fait rater tous les effets ! » Antone s'effraie : « N'aura-t-il pas l'air de réciter sa leçon ? » Dubled a deviné ses craintes : « Ça ne va pas, lui dit-il, viens donc à la cuisine ; » et il l'entraîne vers le sous-sol par le large escalier de pierre.

La grosse sœur Archangel bougonne et les chasse : « Allez-vous en, vous savez bien que vous ne devez pas venir ici. » Dubled tient bon : « Ma sœur, c'est Monsieur Berbiguet qui m'envoie. Le petit Ramon est un peu fatigué, il va jouer, vous n'auriez pas un peu de grog pour le remonter ?

– Il n'y en a plus, » répond sèchement la sœur.

Mais Dubled insiste. Tout en remettant sur le fourneau sa vaste marmite, la sœur a tourné un œil vers Antone.

C'est vrai qu'il est gentil dans son costume de jeune Imperator, avec son manteau agrafé à l'épaule, ses bras nus, ses jambes fines enrubannées. La bonne sœur oublie un peu ses casseroles et ses chaudières, elle s'excuse, elle regrette.

« Rien qu'un peu de grog, ma sœur, » supplie Antone, de sa voix câline et timorée.

Et cette canaille de Dubled insiste encore, plaide toujours.

La vieille sœur se sent prise aux entrailles quand même par cette grâce gamine que rajeunit le travesti. Elle le regarde en vraie grand-mère.

« Comment vous appelez-vous donc ?

– Antone Ramon.

– J'aurais dû le deviner ! comme vous ressemblez à votre papa ! » C'est sa manie de reconnaître dans les élèves actuels les enfants des élèves d'autrefois. Monsieur Ramon n'a jamais mis le pied dans les classes du collège, mais elle se le rappelle très bien. « C'est son père trait pour trait. Il était si gentil ! » Et toute attendrie elle lui offre bientôt une tasse de café brûlant, vivement moulu et échaudé par Bresson et Laurent. Antone les remercie et remonte avec Dubled, suivi des regards maternels de la bonne sœur.

« Hein ! j'ai été gentil, » fait remarquer Dubled, et il s'approche de l'enfant sous prétexte de remettre une agrafe. Antone se laisse faire, et le vertueux Burrhus lui murmure : « Tu sais que tu es gentil à croquer ? » Mais Antone le voit venir et se hâte de regagner les coulisses…

Le rideau tombe sur la fin du *Médecin malgré lui.* Les applaudissements cessent. Et le théâtre est livré aux machinistes pour le changement de décors.

Les comiques redescendent au réfectoire avec des cris, des exclamations et des rires : « Ah mon vieux, s'écrie Grétat d'un air important, je ne savais pas un mot de mon rôle ; tu vois, ça a été tout de même ! Et Brizot qui se trompe et rentre dans mon dos, pendant que je dis : *"Ah ! je te vois venir !"* La salle se roulait. » Monsieur Huchois se roule un peu moins. Vieil entraîneur, il sent que, par suite de ces fautes, la pièce n'a pas eu le dixième du succès des autres fois.

À son tour, M. Berbiguet se démène, passe la revue de la troupe, donne les derniers conseils : « Approchez-vous de la rampe, et parlez dis-tinc-te-ment. » Les nouveaux acteurs remontent sur le plateau, se dissimulent derrière les portants. On frappe les trois coups, et aussitôt l'orchestre attaque une ouverture grave composée par l'abbé Thiébaut. « Allez. » Lentement le rideau se lève sur une scène à demi plongée dans l'obscurité. Agrippine attend immobile et muette, les yeux fixés sur la porte de Néron. L'orchestre interprète les mouvements tumultueux de son âme, tandis que le jour peu à peu grandit et fait sortir de l'ombre les colonnes de porphyre de l'atrium et les blanches statues des empereurs. Survient Albine, inquiète, et lorsque la dernière note de musique se meurt, la grave tragédie commence.

« *Quoi ! tandis que Néron s'abandonne au sommeil...* »

Antone désirerait voir l'auditoire : mais il a peur d'être aperçu ; bientôt l'immobilité lui pèse, il s'agite, il voudrait remuer, marcher, tromper son inquiétude. De la coulisse opposée le professeur impose le calme, arrête les bruits. La salle écoute avec cette froideur attentive qui semble d'abord ne pas comprendre et menace à chaque instant de se décourager. Agrippine-Varageon cependant a de la prestance, un organe sonore, et détaille bien le récit de sa disgrâce.

« Dubled attention ! » C'est le tour de Burrhus. Il entre un peu gauchement, sa voix de basse dissimule mal sa timidité.

Qu'adviendra-t-il d'Antone si Dubled a le trac ! Pourtant la scène s'anime, Agrippine s'irrite :

« *Prétendez-vous longtemps me cacher l'empereur ?* »

Sans souci des effets futurs, Varageon donne tout ce qu'il peut ; la salle s'ébranle. Enfin éclatent les premiers applaudissements ; les jeunes acteurs sentent un poids s'évanouir. Monsieur Berbiguet sourit et donne des ordres plus nets : « À la rampe, à la rampe. » Maintenant ses yeux cherchent Antone : « Préparez-vous. » Bientôt Burrhus se tourne vers le fond et s'écrie :

« *Voici Britannicus, je lui cède ma place.* »

Il faut bien que Britannicus paraisse. « Va donc, » lui crie Brizot, et Antone s'avance les yeux égarés, la démarche incertaine : « Approchez, crie Monsieur Berbiguet… encore… à la rampe. » Mais une terreur folle le prend. La rangée des becs de gaz l'éblouit. Le cadre lumineux de la scène forme comme l'ouverture d'un vaste tunnel enténébré, une brume bleue flotte au-delà de cette ligne de feu et dans cette brume il devine plutôt qu'il n'aperçoit une foule moutonnante, une multitude de fronts luisants qui lui semblent hostiles. Il n'ose regarder, il se demande avec angoisse s'il va pouvoir parler, se rappeler. Agrippine l'interpelle : « Prince, où courez-vous ? Que venez-vous chercher ? »

« Ce que je cherche ? Ah ! dieux ! » a-t-il répondu d'un ton tremblotant. Mais c'est la note exacte de la scène. Le voilà parti. Il entend la voix de M. Berbiguet : « Bien ! moins vite… » Et docile, il déclame les vers, étonné lui-même de se rappeler les indications tant de fois répétées.

Agrippine se retire, il est seul avec Narcisse : « À la rampe ! » Il s'approche, il ose enfin regarder devant lui. Aux premiers rangs, il distingue Monsieur le Curé de Bourg, Monsieur le Supérieur, et entre eux, un prélat au visage émacié, aux mains blanches, c'est Monseigneur Foritte, évêque « in partibus » de Lalice. Auprès d'eux, le colonel de Saint-Estèphe, la colonelle, le docteur Thanate, d'autres prêtres aux yeux réjouis. Tous le contemplent avec de bonnes figures souriantes ; il n'ose pourtant soutenir leur regard et plonge plus loin. Et tout de suite, il aperçoit trois têtes de femmes, trois chapeaux en perpétuel mouvement, des yeux qui l'aspirent : c'est maman, c'est tante Mimi, c'est tante Zaza. Parties par le train de quatre heures 59, elles sont arrivées juste à temps pour la représentation. Antone n'ose se tourner vers elles, il craint qu'elles ne cherchent à se faire reconnaître, ne le troublent et ne le rendent ridicule. Vivement il lève les paupières vers le fond, se repose dans cette obscurité de plus en plus opaque où sont pressés tous ses condisciples, où se trouve Morère, Georges Morère ! Quelles émotions le secouent à ce souvenir ! il module la douce plainte du jeune prince :

Que vois-je autour de moi, que des amis vendus,
Qui sont de tous mes pas les témoins assidus,
Qui, choisis par Néron pour ce commerce infâme,
Trafiquent avec lui des secrets de mon âme !...
Comme toi, dans mon cœur, il sait ce qui se passe.

Et la musique en est si suave, si harmonieuse, si pénétrante qu'on n'applaudit pas, mais que le silence se fait soudain plus profond, plus attentif, plus ému : le charme de Racine opère.

Le premier acte est achevé, les applaudissements bondissent, le rideau tombe. Dubled, Chamouin, Varageon se précipitent vers Antone : « Tu y es ! c'est tout à fait cela. » Monsieur Berbiguet passe : « Très bien ! très bien ! » Il fait venir de la cuisine un broc d'eau chaude et renouvelle ses observations, tout en débouchant une bouteille de rhum pour préparer de nouvelles rations de grog.

Maintenant le trac s'est dissipé. Antone Ramon est sûr de lui. Au second acte, la salle est plus vibrante. Junie, c'est-à-dire Révillou, enlève tous les suffrages, et rien n'est charmant et terrible à la fois, comme la scène des deux fiancés, de Britannicus plein d'espoir, et de Junie terrifiée tandis qu'on voit s'agiter la tapisserie derrière laquelle Néron les épie. Antone s'est piqué au jeu, il veut attirer les regards, enlever les applaudissements. Enfin le voici à l'acte troisième. Il se plaint à son confident, au traître Narcisse, quand soudain survient Junie. On a un peu écourté cette scène d'amour, sa scène, mais il lui en reste assez pour faire valoir sa voix chaude et généreuse, sa grâce vraiment impériale, la souplesse de son jeune corps et la tendresse de sa voix ardente. Il se jette aux pieds de Junie et Néron apparaît. Alors commence le duel des deux frères, alors se déchaîne la colère du monstre tout puissant, devant la révolte fière et ironique de l'adolescent, ses ripostes cinglantes, ses gestes provocateurs, toute l'effervescence imprudente de son cœur blessé qui ne veut plus se contenir ; puis c'est la brutale frénésie du despote, l'appel aux gardes, l'arrestation de Britannicus, les reproches à Burrhus et la menace à Agrippine. Ah ! cette fois Antone a bien conquis la salle : elle applaudit, elle se lève, le vieux colonel ému de son courage crie

« Bravo » ; sa maman et ses tantes pleurent en riant, le fond de la salle éclate avec fracas, et le rideau tombé, les échos un peu assourdis continuent longtemps, longtemps.

« La partie est gagnée, » s'écrie Monsieur Berbiguet dans l'enivrement de la victoire, et Grétat lui-même, l'égoïste Grétat, vient trouver Chamouin et Ramon : « Vrai, vous étiez merveilleux tous les deux. » C'est la gloire, c'est la joie ; Antone a les yeux brillants, les ailes fines de son nez se dilatent, ses joues rougissent de bonheur, il boit les louanges de tous les pores de son être : encore, encore, vous ne lui en donnerez pas assez. Il les reçoit de tous ; de Dubled qu'il aurait souffleté tout à l'heure, de Laurent qui n'a rien compris, mais qui a regardé par un trou de la toile de fond, de la bonne sœur Archangel qui, elle, n'a rien vu et est remontée de sa cuisine pour remporter son broc. Antone absorbe tout ; cette cour, ces adulations lui semblent dues. Le colonel viendrait le féliciter, Monseigneur Foritte entrerait qu'il n'en serait nullement étonné. Il est tombé dans ce hideux cabotinage dont la vue chez les autres nous inspire un si profond dégoût ! Déjà il possède tous les secrets de raviver l'éloge, et il en use !

« Alors, je n'étais pas ridicule ? Vraiment, ça n'a pas été trop mal ? »

Et il se baigne dans les compliments emphatiques ; il se fait redire et répéter à satiété : « Non, le mieux, c'est quand tu disais… »

Il ne peut se douter que ce qui a ému le colonel, l'évêque, ses tantes, toutes les mères, tous les hommes et même inconsciemment ses camarades, c'est le timbre de sa voix, la beauté de sa jeune tête au profil antique, les lignes fières et souples de son corps vibrant d'adolescent ; et que cette voix, cette beauté, ont fait accepter les gaucheries et les inexpériences de son jeu.

Mais voici l'épreuve. Pendant tout le quatrième acte il ne paraît pas.

Maintenant qu'on s'occupe des autres, qu'on applaudit les autres, il sent une détresse infinie, la souffrance aiguë de l'abandon soudain, de l'isolement. Il rentre dans les coulisses, il suit ses condisciples ; un peu plus, il se montrerait négligemment, pour rien, pour se faire voir, pour rappeler l'attention. Toutes les fois qu'on répète le nom de Britannicus il éprouve un soulagement : on complote de le tuer, Burrhus cherche à le défendre, Narcisse pousse à l'empoisonner. S'il n'est plus en scène, on parle de lui, toujours de lui, rien que de lui : c'est un peu de baume sur sa blessure, c'est ce qui l'empêche de s'aigrir contre Dubled et les autres acteurs.

Et soudain, dans les coulisses, il entend derrière lui une voix le féliciter timidement. Il tressaille. C'est Miagrin, Miagrin qui s'est échappé de la salle. Il l'écoute, il accepte ses félicitations, il le suit et revient avec lui au réfectoire. Là, l'onctueux paysan renouvelle tous ses compliments, lui apporte l'écho de la salle, l'admiration de ses condisciples : « Tu as eu des attitudes superbes, des regards surtout ! Tu es bien supérieur à Néron. Émeril, qui ne t'aime pas beaucoup applaudissait à tout rompre. Et moi, je n'étais pas en reste avec lui. » Antone sourit, Antone l'écoute ; il oublie son antipathie, il oublie sa promesse à Morère, il oublie Morère, tellement il est enivré. La voix du sacriste se fait plus humble, plus mélancolique, plus implorante et glisse vers le rappel des souvenirs, vers une catastrophe, peut-être. Les applaudissements annoncent brusquement la chute du rideau et rompent ce dangereux tête-à-tête.

Enfin, c'est le dernier acte. Antone reparaît dans une scène douce, de confiance légère et d'amour chevaleresque. Mais pourquoi M. Berbiguet a-t-il supprimé deux vers ici, quatre vers là ? Pourquoi Racine n'a-t-il pas montré le fatal banquet ? Dubled a raison contre M. Berbiguet, ç'eût été bien mieux. Quel effet n'aurait pas produit Ramon-Britannicus en tombant tout à coup, pâle, inanimé, après avoir bu le poison ! Tout le monde aurait pleuré ! Si seulement on le rapportait mort sur la scène. Quel dommage qu'il n'y ait pas pensé plus tôt ! Cela aurait fait un très beau tableau final, sans qu'on fût obligé de toucher au texte de Racine que M. Berbiguet déclare sacré…

La tragédie est terminée. On baisse le rideau, puis tous les acteurs se pressent sur la scène. Britannicus et Junie en occupent le milieu. On applaudit encore. Monseigneur se lève et remercie les artistes, puis son éloge va aux maîtres dévoués, à cette maison qui sait, tout en développant les jeunes intelligences, en les ouvrant aux beautés de nos grands génies, former les cœurs et les volontés. Antone sourit à tous les éloges et il espère qu'en finissant le prélat va revenir à lui. Mais non, c'est sur la patrie et l'Église que s'achève cette allocution. Les rangs se défont ; les parents s'approchent. Antone est déjà dans les bras de sa mère, et de ses tantes. Le colonel de Saint-Estèphe et sa femme le félicitent ; les autres mères regardent jalousement Madame Ramon et son fils. Et l'évêque, avant de sortir, leur donne sa bénédiction.

Quel triomphe maternel, triplement maternel, car on ne pourrait deviner quelle est la mère parmi ces trois femmes, jeunes, élégantes, et dont la joie fait rayonner la beauté.

Soudain, comme elles vont le quitter, les éclats vainqueurs des cuivres retentissent dans la cour.

« Tu viens, Ramon, dit Émeril en passant.

- Où cela ?

- Sous les quinconces : au feu d'artifice. »

La fanfare, en effet, s'est rassemblée et entraîne tout le monde : acteurs, spectateurs, enfants et parents, à travers les galeries et les cours jusqu'aux grands arbres du parc qu'éclairent des feux de Bengale.

« Antone, dit M. Berbiguet, allez vite, et prenez un flambeau.

- Couvre-toi bien, lui crie la maman.

- Ah ! je n'ai pas froid. »

Il s'échappe tant il a peur qu'une des tantes lui mette un manteau sur son beau costume.

En cercle sous les arbres, la fanfare attaque la troisième marche aux flambeaux de Meyerbeer, tandis que les feux rouges succèdent aux feux verts. C'est un spectacle inattendu et défiant toutes les fantaisies néroniennes. Agrippine, une joue plissée, l'autre gonflée, claironne dans un petit bugle et se penche sur Géronte pour suivre sa partie, Narcisse s'épuise dans une contrebasse, Burrhus et Sganarelle, côte à côte, poussent avec ensemble la coulisse de leur trombone. Près d'eux Junie, Martin, Lucas, Britannicus les éclairent avec des ballons oranges. Et au milieu, la haute silhouette fantomatique de l'abbé Thiébaut se baisse, se relève, se démène, surveille les éclats des trombones, marque la mesure aux altos, appelle vigoureusement les barytons et les basses, et modère les « ra » et les « fla » de Néron, premier tambour.

CHAPITRE IV

RIEN NE SE PERD

Au coup de cloche du matin, Antone s'est réveillé très fatigué et, comme il est naturel, après les grandes exaltations, découragé, plein d'amertume. Ainsi c'est fini : il faut se remettre au travail, aux versions, aux thèmes, aux problèmes. Il revient sur son triomphe, comme on écarte des cendres pour retrouver quelque étincelle. Il se rappelle qu'il n'a pas vu Georges Morère. Dans cette fête, à aucun moment son ami ne lui a serré la main, ne l'a félicité ; Émeril est venu, Cézenne est venu, Miagrin même est venu : mais lui, pourquoi s'est-il abstenu ? Pourquoi ? Enfin, il a honte de lui-même à la pensée qu'il s'est laissé approcher par Miagrin, qu'il a écouté Miagrin, qu'il n'a pas tenu sa promesse. Il espère revoir son ami à la récréation de midi, car le matin il se complaît dans le babil général, où déjà pourtant des appréciations le blessent ; les uns lui préfèrent Junie, ou Narcisse, d'autres trouvent cette tragédie assommante et exaltent « le Médecin malgré lui » : un homme qui boit, qui est battu et qui dit du mauvais latin, c'est plus qu'il n'en faut pour leur faire affirmer la supériorité de Molière sur Racine.

Georges grondé gentiment l'assure qu'il l'a applaudi et qu'il est toujours le même. « Mais quoi ? l'amitié n'est-elle pas une confiance absolue de deux amis dans leurs sentiments mutuels ? » Il a raison, mais Antone est un peu froissé de son peu d'empressement. Georges voudrait bien lui dire qu'il y a quelque chose de plus important dans la vie que les succès de théâtre, mais il a le bon sens de comprendre que ce n'est pas le jour.

Trois fois dans la journée, Miagrin a tenté de l'aborder en souriant, pour reprendre la conversation des coulisses, mais trois fois Antone l'a laissé brusquement pour retrouver Georges Morère. « C'est étonnant, remarque Cézenne, qu'on ferme les yeux sur eux. Ah ! si c'était moi ! » « N'aie pas peur, a répondu Miagrin, il faudra bien qu'on les ouvre. » Et il ajoute de vagues menaces. Si la jalousie fielleuse n'était pas une passion, elle saurait attendre, mais il arrive un moment où le poids est trop lourd, l'attente insupportable. Un adolescent de quinze ans peut avoir le caractère et les instincts d'Iago ou de Tartuffe, il n'en possède pas encore la patience scélérate, ni la fourbe dextérité. Miagrin est à bout de rage.

La promenade de classe devait avoir lieu le 18 juin. Les grandes fêtes étaient passées et les troisièmes aspiraient ardemment à ce jour de liberté. Quatre jours avant, un nouvel incident émut le Supérieur. En sortant de la sacristie, après la messe, il aperçut à terre un papier plié. Son étonnement fut grand d'y lire ce fragment de lettre de l'écriture trop reconnaissable de Morère : « D'abord ne te soucie pas de Patraugeat ; comment peux-tu ravaler notre amitié à s'occuper de cet imbécile. Et d'ailleurs que nous importe l'opinion des autres. Je connais tes sentiments, cher Antone, tu n'ignores pas les miens. Il faut que notre amitié dédaigne ces railleries bêtes et ces manœuvres d'idiots. Même si nous retrouvons encore les mêmes yeux jaloux et méfiants, il faut résister au dégoût et au découragement… » La suite manquait, mais au verso des bribes de phrase de même nature confirmaient le Supérieur dans ses soupçons : « Aie confiance en moi, laisse-moi te conduire, ne crains rien, quoi qu'on te dise, cher Tonio, et ne te laisse pas abattre… »

Le Chanoine, homme de principes sévères, fit immédiatement venir Georges et sans lui donner le temps de se reconnaître l'accabla de ses réprimandes. Georges eut beaucoup de peine à éclaircir cette accusation, il reconnut la lettre du premier de l'an.

Antone, appelé à son tour en présence de Georges fut étonné de revoir la lettre qu'il avait crue déchirée par Miagrin. Transporté de fureur et comprenant ce coup dont le sacriste l'avait menacé, il éclata en injures contre lui. En vain le Supérieur voulut l'arrêter. Antone poursuivit ses révélations, raconta les roueries de Miagrin. Comme le Supérieur restait incrédule il s'exaspéra : « C'est un hypocrite, criait-il, et si vous voulez savoir celui qui a bouché la flûte de Georges Morère à la Sainte Cécile, eh ! bien, c'est lui, il me l'a dit. »

Le chanoine eut un fugitif sourire. L'accusation était tellement extravagante et inattendue qu'elle en devenait drôle. Il se reprit aussitôt et, d'un ton sévère, lui rappela qu'il ne lui appartenait pas d'accuser les autres de mensonge, qu'il voulait bien oublier ces paroles de colère, mais qu'il lui demandait de se rappeler ses promesses du jour de Pâques, promesses de travail et de conduite exemplaires, et il les renvoya après les avoir avertis qu'il se ferait renseigner sur leur attitude. Une fois dans l'escalier :

« Tu sais, déclara Antone à Georges, c'est vrai tout ce que j'ai dit au Supérieur. Et il lui révéla les menaces de Miagrin.

– Alors, soyons prudents, répondit Georges, car Miagrin a toute la confiance du Supérieur, et il est capable de tout. »

CHAPITRE V

MIAGRIN SE VENGE

Mardi 18 juin ! C'est le grand jour, le jour de la Promenade de classe. Sous la conduite de M. Pujol et de M. Perrotot, car le règlement exige au moins deux professeurs, les troisièmes se dirigent vers la gare de Bourg pour prendre le train de Nantua. On leur a bien recommandé de garder le silence en passant près des études où leurs condisciples apprennent leurs leçons, mais allez faire comprendre ce délicat sentiment à Émeril, à Cézenne, à d'Orlia, à Patraugeat ! Leur première joie fut au contraire de crier sous leurs fenêtres : « Ah ! quel beau temps pour une promenade. »

Le train arrive : ils prennent d'assaut les voitures, se disputent férocement les coins des compartiments, trépignent de joie au coup de sifflet du départ. « Cette fois, ça y est ! » Comme dit le vieux d'Aubigné :

L'aise leur saute au cœur et s'épand au visage.

Patraugeat fait d'ironiques adieux au collège, et soudain toute la classe attaque la marche aux Flambeaux de Meyerbeer…

Antone s'est fait envoyer sa lorgnette et Rousselot son appareil photographique. Mais Rousselot s'occupe à couper un morceau de la courroie de la portière, comme souvenir, et Antone, juste en face de Georges, n'a cure du paysage. Dans le compartiment voisin M. Pujol se moque de Cézenne qui avoue n'avoir jamais visité l'Église de Brou depuis quatre ans qu'il est à Saint-François-de-Sales. Et, plus loin, Feydart écoute M. Perrotot expliquant que « l'acide prussique est un poison si violent qu'une goutte sur la langue d'un chien, ça tue un homme ! »

Le train dépasse Ceyzériat, contourne le Mont July, descend dans la vallée du Suran, dépasse Simandre :

« Rousselot, ton appareil ? »

Rousselot se précipite.

« Tiens ! prends ce coin-là… non, attends, celui-là… Non, par ici. »

Rousselot déblaie le passage, écrase des pieds, hésite d'une portière à l'autre, se prépare et au moment précis où il va faire jouer le déclic, le train disparaît dans un tunnel. Toute la classe éclate de rire. Rousselot se fâche et menace ses camarades :

« Allons, du calme ! »

Soudain la dispute s'arrête. Le train vient de sortir de terre. Comme s'il avait peur de troubler la splendeur du paysage qu'il découvre, de le faire évanouir par la laideur de son apparition et la brutalité de ses bruits de ferraille, lentement il traverse la profonde vallée de l'Ain, en plein ciel, sur un pont de rêve. Les enfants courent d'une portière à l'autre ; ils regardent au fond de l'abîme le torrent fuyant vers Cize, les roches boisées de Jarbonnet, puis, à leur droite, les énormes masses calcaires qui se dressent en murs triomphants avec leurs reliefs baignés de lumière, leurs blancheurs atténuées de mille irisations, grâce aux fines buées, au voile impalpable qui monte sans cesse de la rivière. Antone, soulevé de joie à chaque instant, attire Georges pour lui faire partager ses admirations.

De Nurieux, le train file en droite ligne sur la Cluse et bientôt ils aperçoivent le lac de Nantua reflétant dans son large miroir un cirque de montagnes blanches et de montagnes boisées, et, de l'autre côté, la bordure dentelée de la ville. À la Cluse, ils s'embarquent sur « *la Ville de Nantua* » et passent la matinée à faire le tour du lac. Lorgnette en main, Feydart s'efforce de découvrir la fameuse roche de la *Maria Matre,* tandis qu'Antone raconte à Georges son voyage sur mer, de Nice à la Spezzia. Cézenne s'intéressait à un pêcheur, cormoran immobile à la pointe d'un tablier sur pilotis, un « tiens-toi bien » ou « tintében » comme disent les gens du pays, quand une clameur retentit. Pierre Leroux a conçu, ainsi que le poète :

Pour l'eau bleue et profonde un indicible amour,

et, en se penchant trop sur le bastingage, a fait tomber sa casquette. Cet incident paraît tellement extraordinaire, que la joie devient du délire. La beauté du lac, les ombrages merveilleux, l'étagement des bandes calcaires, la volupté même du souple mouvement du bateau, tout disparaît devant l'intérêt qu'offre la casquette de Pierre Leroux, minuscule bouée qui flotte à la surface de l'onde et diminue de plus en plus. Émeril, Cézenne, Beurard oublieront tout de la promenade, tout, sauf la casquette de Leroux.

Après avoir visité Nantua, ses rues, sa vieille église, ils entrent à l'hôtel du Lac, chez Jeantet, où les attend un somptueux banquet commandé de Bourg. La table est installée sous les arbres de la terrasse. Chacun se place suivant ses affinités électives, Feydart près de l'abbé Perrotot et, naturellement, Antone près de Georges. Depuis le matin il « marche vivant dans son rêve étoilé » ; ils ne sont plus au collège, il leur semble qu'ils ont reconquis la liberté. L'appétit aiguisé par cette promenade matinale, ils font honneur aux mets : échattous du lac, quenelles de Nantua, gigot, charlotte russe, crème, ananas au kirsch et desserts variés, le tout arrosé d'un petit vin gris qui met l'esprit en verve, puis d'un champagne pétillant sinon authentique. Au dessert on fait chanter d'Orlia, Émeril et Beurard qui risque une romance provençale. Alors Cézenne émoustillé déclare qu'il va réciter une poésie. On l'encourage. Debout, bien campé, après s'être essuyé la bouche, Paul Cézenne lance le titre d'une voix sonore : « *La Grève des Forgerons,* par François Coppée. » Un silence recueilli l'écoute. D'une voix emphatique il commence :

« *Mon histoire, Messieurs les juges, sera brève.*
Voilà. »

Il s'arrête, regarde devant lui, porte sa main droite à sa bouche, puis les sourcils contractés, cherche la suite dans les nuages. Déjà quelques applaudissements ironiques de ses camarades se préparent. Mais il les arrête du geste : « Je suis mal parti, dit-il, je recommence : *La Grève des Forgerons*, de François Coppée :

Mon histoire, Messieurs les juges, sera brève.
Voilà… »

L'arrêt fatal se reproduit exactement après le même mot et cette fois les rires éclatent avec fracas. Gendrot, Leroux, Henriet, Rousselot s'écrient : « Bis ! Bis ! » Mais Cézenne à qui le champagne et le café ont enlevé toute timidité répond, sans se déconcerter : « Je ne me rappelle plus le milieu. En tous cas, voici le dernier vers :

Et si vous m'envoyez à l'échafaud, merci ! »

Des bravos ironiques accueillent cette finale. On répète : « Merci, merci ! »

« Pour un bavard comme vous, votre histoire est étonnamment brève, conclut en riant Monsieur Pujol. Allons, en route pour le lac de Sylans.

– Est-ce qu'on peut fumer ? demande Émeril.

– Défense absolue, il nous faudrait un service de porteurs pour ramener les malades. »

Mis en gaîté par le banquet, le champagne et le soleil, les groupes se resserrent et montent vers les Neyrolles en chantant le chœur de charbonniers d'Offenbach, souvenir de la Sainte Cécile, et la Marche aux Flambeaux de Meyerbeer…

Aux Neyrolles la gorge se resserre, on hâte le pas. Les groupes s'espacent de plus en plus, les conversations succèdent aux chants. De temps en temps, Feydart, Émeril, d'Orlia, même le sage Aubert et le grave Boucher se retournent vers Cézenne et lancent d'une voix aiguë :

« *Mon histoire, Messieurs les juges, sera brève.*
Voilà… »

Antone marche à côté de Georges et lui raconte en détails toute l'aventure de sa lettre aux mains de Miagrin ; il lui avoue qu'il l'a revu le soir de *Britannicus*, et lui redit les menaces du sacriste. Georges comprend tout ce qu'il y a de sensibilité et d'imagination exaltée dans l'âme de son camarade. Il se rappelle les indications précises du Père Levrou et s'efforce de l'entraîner sur un sujet moins irritant : « Tu prends trop les choses à cœur, lui dit-il, laisse donc Miagrin de côté.

- C'est plus fort que moi, répond Antone, quand je pense qu'il est congréganiste de la Sainte Vierge ! Tu sais, moi je n'aime pas beaucoup ce groupe-là...

- Tu as tort, interrompt Georges, si en effet tu étais plus pieux... »

Mais Antone proteste violemment, déclare qu'il a un culte d'amour pour l'Immaculée, qu'il l'aime plus que toute la Congrégation. « Je suis allé l'année dernière à Lourdes avec le bon abbé Brillet. Si tu savais comme c'est beau, comme on prie... Je me souviens qu'un soir... » et il tire de ses secrets trésors les souvenirs les plus précieux, il lui dévoile tranquillement ses enthousiasmes d'enfant et ses joies intimes. Georges écoute, ravi. Il voudrait bien aller à Lourdres. « Nous irons, je veux y retourner cette année avec toi », s'écrie l'impétueux Antone. Dans la joie de ces confidences ils oublient la route, les rochers et leurs camarades. Comme ils sont bien seuls dans cette bande d'enfants tapageurs !

Enfin on débouche près de vastes hangars de bois : ce sont les glacières de Sylans. Le lac apparaît dans sa vasque de montagnes. Mais l'heure est mal choisie. Sous le jour aveuglant le lac en feu miroite comme un bouclier d'or. « C'est ça Sylans ! s'écrie Rousselot déçu, je préfère la Dombe ; » mais songeant à l'hiver, Cézenne interprète de la pensée générale déclare : « Ça doit faire une fameuse patinoire. »

Au pied de la haute cascade de la Planchette, s'engage une longue discussion sur les mérites respectifs des chutes d'eau de l'Ain et de la Savoie. M. Pujol interrompt :

« Maintenant, il est trop tard pour aller au lac Genin. Nous allons grimper à bonne allure de la gare de Charix à Lalleyriat ; il y a un joli chemin sous bois ; nous gagnerons ainsi Nantua par les Neyrolles et le train de cinq heures onze nous ramènera pour dîner à Bourg à sept heures et demie.

– Déjà ! s'écrient Cézenne et Émeril.

– Allons, les entraîneurs, entraînez, car nous avons juste le temps. »

Qu'est-ce qu'une montagne pour des enfants, sinon une occasion de grimper ? Georges Morère prend la tête avec Rousselot, Leroux, Pradier, les meilleurs coureurs, et Antone.

« Pas si vite ! » implorent Cézenne, Émeril et ceux dont l'idée de retour alourdit les jambes. On traverse la voie ferrée, on gravit des côtes un peu raides, mais où, du moins, l'on est à l'abri du soleil sous les sapins. Une fois sur les crêtes, le groupe se dirige vers les Neyrolles. M. Pujol laisse les enfants s'espacer à leur guise, il demande seulement qu'on ne s'écarte pas du chemin et que les premiers arrivés à la route des Neyrolles attendent les autres.

Georges est reparti en tête avec Antone pour reprendre leur conversation interrompue à Sylans. Antone l'écoute si docilement qu'il veut en profiter pour l'éclairer et l'assouplir. Par un instinct de secrète pudeur, ils ont pris un peu d'avance sur leurs camarades. Miagrin a bien essayé tout d'abord de les déranger, puis il s'est ravisé et maintenant les laisse distancer de plus en plus le groupe. Nul ne les trouble, ni ne les écoute.

« Le père Levrou n'a-t-il pas raison, dit Georges, de te trouver trop petite fille. Tu vas avoir quatorze ans et tu t'irrites du moindre obstacle, tu t'abats au moindre échec.

– C'est vrai, reconnaît Antone, je voudrais être comme toi.

– Oh ! moi je ne suis pas un modèle, mais il me semble qu'à ta place, je laisserais là ces manières d'enfant câlin et que je songerais davantage à l'avenir. » Et il ose lui rappeler des paroles trop doucereuses, des mièvreries agaçantes. Antone rougit et donne ses excuses : « C'est vrai, mais tu sais, au fond, je t'aime beaucoup. »

« Qu'est-ce que tu penses faire plus tard ? interroge Georges.

– Et toi ? demande Antone.

– Moi ? si je peux, j'entrerai à St-Cyr. Je veux être officier, mais, tu sais, pas un officier de garnison, j'irai où l'on se bat, en Afrique, à Madagascar, n'importe où.

– Eh ! bien, moi aussi, déclare Antone, je trouve qu'il n'y a rien de plus beau que d'être officier de cavalerie. »

Georges rit : « Tu es toujours le même, tu vois ton cheval, ton uniforme, mais il faut d'abord passer des examens. C'est plus sérieux.

– N'aie pas peur, je les passerai : je passerai tout avec toi ; nous travaillerons ensemble, nous entrerons dans le même régiment. Quel dommage que je n'aie pas de sœur ! Tu l'aurais épousée et moi j'épouserais Bridgette : elle est très gentille et nous nous entendions très bien. Après nous partirions pour l'Afrique tous les deux. » Antone s'exalte. Il se voit déjà avec Georges, comme Marchand avec Baratier. Il reprend Fachoda aux Anglais, soumet tout le continent noir, conquiert le Tchad, plante partout le drapeau français. Surtout il se réjouit à l'idée qu'il vivra désormais avec Georges, qu'il sera toujours son ami, son seul ami.

Georges de son côté n'a pu se défendre d'une grande joie devant cette perspective. L'abbé Levrou a raison. Plus tard cette amitié sera leur force à tous deux, elle les soutiendra, à Saint-Cyr, dans l'armée, dans la vie.

Et il part de là pour donner de nouveaux conseils à Antone. « Oui, mais d'abord il faudra se montrer des hommes résolus. À Saint-Cyr ce n'est pas comme ici. C'est alors que nous aurons besoin de nous serrer l'un contre l'autre… »

Pendant ce temps, la colonne avançait lentement derrière eux. Une fois déjà M. Pujol l'avait arrêtée et fait des reproches à Émeril et à Beurard qu'il avait surpris s'attardant en arrière pour fumer. Plus loin, au cri de Rousselot, tous les élèves étaient accourus pour contempler près d'une flaque d'eau deux espèces de petits lézards de velours noir coupé de raies orangées : « Ce sont des salamandres », déclarait l'abbé Perrotot. De grandes disputes s'étaient engagées. Arthur Feydart voulait les mettre sur un feu de bois pour voir si vraiment les salamandres vivaient dans les flammes, Cézenne voulait au contraire les emporter pour voir si la nuit elles n'étaient pas phosphorescentes, en réalité pour les glisser dans le lit de son ami Émeril. Miagrin ne cessait de demander de nouvelles explications sur les transformations des têtards, si bien qu'au moment de repartir, il fit remarquer à M. Pujol qu'il était déjà très tard. Ce fut l'occasion d'une *scie* nouvelle : « Il est tard, il est têtard. »

Tout en devisant, Georges et Antone avaient pris une longue avance sur la classe. Ils avaient rencontré la route des Neyrolles et selon les prescriptions de M. Pujol attendaient, sous les derniers sapins, la classe attardée. Antone débordait de reconnaissance ; il lui rappelait quels camarades il avait rencontrés : Patraugeat, Beurard, ces goinfres, Lurel et Monnot, ces menteurs, Miagrin, cet hypocrite. Enfin il possédait un véritable ami, franc, loyal. Désormais il allait travailler vaillamment, il voyait un but, il se préparerait à cette vie héroïque, ambition et rêve de toutes les âmes de treize ans. Des souvenirs d'histoire et de légende, de chevalerie et de camaraderie guerrière tressaillaient en lui.

« Nous serons deux frères d'armes, disait-il, comme Roland et Olivier.

– Oui, répondait Georges, mais n'oublie pas que c'étaient de robustes soldats ; il faut devenir virils comme eux.

– Tu as raison, il faut que je change, que je devienne un homme ; je te promets d'être viril. »

Dans la forêt l'atmosphère est chaude, l'arome des sapins rôde autour d'eux, la solitude les enveloppe. Un ressaut du sentier les empêche de voir le long chemin qu'ils viennent de parcourir. Au loin, à travers les sapins, ils aperçoivent vaguement l'autre côté du lac.

« Vois-tu, poursuit Antone, le bras sur l'épaule de Georges, je n'ai ni sœur, ni frère. Eh ! bien, c'est toi qui seras mon frère, mon vrai frère. Tu m'avertiras, tu me conseilleras, tu me soutiendras. Tu veux bien, n'est-ce pas ? Tu ne peux pas savoir comme je t'aime, ajoute-t-il, dans une exaltation de tendresse croissante. Maintenant, c'est à la vie à la mort. Oui, je voudrais donner ma vie pour toi. J'ai chez moi un tableau d'un peintre italien, il représente Tobie conduit par Raphaël, je l'aime beaucoup, sais-tu pourquoi ? parce que Raphaël te ressemble. Tu seras mon Raphaël.

– Tu exagères, Antone, interrompt Georges, soyons simplement, comme tu le dis, deux frères ayant les mêmes espérances.

– Le même cœur, chante Antone.

– Oui, le même cœur et le même idéal, répond Georges, celui des chevaliers : Dieu et patrie. »

Alors Antone saisit Georges au cou, l'étreint avec une joie enfantine et le baise à pleines joues. Georges surpris hésite un instant, puis conquis par tant de confiance, de naïveté et d'affection vraie, il pose à son tour ses lèvres sur la joue vermeille d'Antone ravi.

Presque aussitôt ils entendent un pas lourd, un paysan paraît dans le chemin.

« Quelle heure est-il donc ? se demande Georges.

– Quatre heures et demie, répond Antone tirant sa montre.

– Mais le train part dans une demi-heure, jamais nous n'arriverons pour cinq heures à Nantua. On ne les entend plus.

– Pardon, Monsieur, fait Antone, qui salue le paysan, vous n'avez pas rencontré nos camarades ?

– Que si, reprend l'homme, voilà déjà une demi-heure qu'ils sont descendus vers Charix, en chantant. Si vous voulez les rattraper pour le train, vous n'avez que le temps, c'est à cinq heures moins dix. Tenez, prenez donc là-bas, voyez-vous, à travers les sapins, cette coursière ; elle vous ramènera juste à la station quand vous aurez coupé deux sentiers, mais dépêchez-vous.

- Combien y a-t-il ? interroge Georges avec angoisse.

- Trois à quatre kilomètres, mais ça descend à peu près toujours.

- Pas gymnastique ! crie Georges à Antone.

- Non ! dit Antone, mieux vaut aller à Nantua, c'est plus près.

- Mais on nous attend à Charix et l'on ne partira pas sans nous.

- Alors tant mieux.

- Tant mieux ! et si nous leur faisions manquer le train ! Non, non, pas gymnastique sur Charix ! »

Et les voici courant à travers les sapins vers le sentier entrevu, coupant les chemins, dévalant vers le lac, les coudes au corps, la tête levée ; ils vont à toute vitesse, au mépris du principe qu'une longue course doit être faite à une allure modérée et régulière. À chaque tournant Georges se demande s'il ne va pas apercevoir les élèves, mais rien. Alors il se retourne, appelle Antone, l'excite, l'éperonne, malgré la chaleur étouffante, malgré l'air lourd de la sapinière.

Georges se sent hors de la règle, contre la règle, il n'a plus sa raison, il s'affole, il est incapable des réflexions qu'une certaine insouciance permet encore à son ami.

Soudain il s'arrête, il arrive à une carrière, c'est une impasse. Ils ont dû se tromper, vite il revient sur ses pas, enlève Antone, cherche sa voie, la retrouve enfin et s'y lance à une allure de plus en plus accélérée, tourne les sapins, saute de rocher en rocher.

« Sais-tu que nous risquons d'être renvoyés ? »

Cette terreur obscurcit son âme. Il songe au Supérieur. Il ne voit ni le visage rouge de son ami, ni sa poitrine haletante, ni ses vains efforts pour se maintenir à son pas. « Plus vite ! commande-t-il, plus vite ! » Mais Antone commence à s'essouffler, le lâche petit à petit et soudain s'écrie : « Je n'en peux plus. »

Georges le regarde désolé. Il entend le sifflet strident d'une locomotive.

« Encore un effort, implore-t-il, voyons Antone, nous devons être tout près. » Docile, Antone reprend le pas gymnastique : la sueur inonde son visage, ruisselle sur son cou, colle sa chemise à son corps ; ses oreilles bourdonnent ; sa gorge est en feu. « Ferme la bouche et lève la tête », lui répète Georges, qui accélère l'allure à mesure que la descente devient plus rapide. Depuis près d'un quart d'heure, Antone court ainsi, horriblement oppressé, s'obstinant parce que Georges est effaré, perd la tête et redoute ce retard comme une catastrophe.

Enfin la douleur est trop vive.

« Je ne peux plus, lui dit-il, j'ai un point de côté. »

Il s'est remis au pas de route, et, tout soufflant, serre sa hanche de sa main droite. Georges le regarde. Doit-il prendre les devants pour prévenir le groupe ou se mettre au pas d'Antone ? Soudain il entend des appels et aperçoit bientôt Rousselot qui remonte vers lui, et lui fait de grands gestes.

« Par ici, dépêchez-vous donc ! »

Georges montre Antone épuisé.

« Le train va partir, allez, hop ! nous allons le manquer !

– Quand on ne peut plus, on ne peut plus, dit Antone.

– Mon vieux, tu sais, Pujol est furieux ! dépêche-toi. Ça va en faire une histoire ! »

Georges est repris de terreur :

« Allons, Antone, un effort ! sois viril !

– Si tu veux ! » répond Antone fouetté par ce rappel de leur conversation. Et il se remet avec eux au pas gymnastique.

Il y a encore 800 mètres avant d'arriver à la ligne. Rousselot leur explique que c'est Miagrin qui a demandé de revenir à Charix parce qu'on était en retard. « M. Pujol voulait rassembler tout le monde, mais Miagrin a déclaré bêtement ainsi qu'Émeril que vous étiez repartis tout de suite avec Perrotot.

– Miagrin a dit cela ? s'écrie Antone.

– Oui, c'est une farce qu'il a voulu vous jouer, allons, pressons. »

Antone a compris. Miagrin a voulu les faire prendre en faute, et cette fois il a réussi. La rage, lui donne des forces. Il faut qu'il arrive. Miagrin serait trop content s'il manquait le train, si Georges était puni. Mais il court depuis si longtemps déjà, il faiblit, et lâche peu à peu.

« Donne-moi la main, dit Rousselot ; Morère, prends-lui l'autre. Nous suivrons le ballast en bas. »

Les deux plus fort coureurs de la classe l'entraînent ; Antone s'abandonne les yeux fermés, tant sa douleur de côté est poignante. Ils n'ont plus que cent mètres, ils arrivent, lorsqu'ils entendent un coup de sifflet suivi d'un halètement lent d'abord, puis précipité et la lourde masse de la locomotive se met à glisser sous un long panache de fumée entre le lac et les pentes raides de la montagne. Les trois coureurs débouchent sur la voie juste pour voir de loin leurs camarades leur faire des gestes ironiques, agiter leurs mouchoirs et les appeler de toutes leurs forces :

« Morère ! Ramon ! Rousselot ! » Trop tard !

CHAPITRE VI

LES ROSEAUX DU LAC DE SYLANS

Sur le conseil de M. Pujol l'abbé Perrotot est resté à Charix pour rapatrier les trois retardataires. Il les emmène hors de la gare en les accablant de ses réprimandes.

« Eh ! bien, c'est du joli ! Vous vous conduisez bien, mes enfants. Georges Morère ! un des premiers de la classe ! Vous n'avez pas voulu m'écouter, Antone, je vous l'avais bien dit que ça finirait mal ! Mais vous vous croyez plus savant que tout le monde. » Et sa mercuriale se développe, indéfinie.

« Ah ! Monsieur, il faut être indulgent, dit Rousselot, qui se sent hors de cause.

– Indulgent ! c'est une affaire très grave, il n'y a que Monsieur le Supérieur qui puisse décider. » Et il accumule les rappels du règlement, les exemples d'élèves qui ont été renvoyés « pour la dix-millionième partie de ce que vous avez fait. »

Georges Morère ne cherche même pas à se disculper : il entrevoit, au retour, la figure froide et sévère du Supérieur. Il sent combien c'est grave, pour lui qui a été dûment averti. Il ne regarde pas même Antone qui, essoufflé, debout près de lui, essaie de reprendre haleine et s'essuie la figure avec un minuscule mouchoir tout trempé de sueur.

Monsieur Perrotot s'est arrêté. Il n'y a pas de train avant 8 heures 22 et ils n'arriveront à Bourg qu'après dix heures. Ils sont sur la route qui ramène à Nantua, et longe les alluvions marécageuses où viennent se perdre deux ruisseaux aux eaux claires. Il est cinq heures et demie ; le soleil baisse, brusquement la brise descend de la montagne et passe invisible à travers les roseaux dont les quenouilles s'entrechoquent avec un bruit sec.

Au loin le lac se plisse comme si un invisible filet traînait ses mille mailles à sa surface, il prend les teintes du plomb qui refroidit, tandis que sur le soleil passe lentement un nuage perdu. Dans l'air limpide, le nuage poursuit au-delà du soleil sa course nonchalante et son ombre qui ternissait le lac s'enfuit rapide à l'autre bout vers les Glacières. Ce n'est rien qu'un coup de brise et un assombrissement momentané. Antone a frissonné, mais Monsieur Perrotot ne l'a même pas vu ; il s'était arrêté, il reprend sa marche, et continue de gourmander Georges Morère.

Rousselot intercède. Ses camarades sont essoufflés. Est-ce qu'on ne pourrait pas se reposer un peu ? Précisément ils arrivent à l'hôtel des Moulins ; un escalier conduit à un balcon tout ombragé de vigne vierge dominant la route. L'hôtel est très propre. L'abbé consent ; ils montent au balcon où on leur sert quelques sirops.

Vers six heures et demie, ils se lèvent pour se remettre en route. Antone s'était éloigné. Quelques instants après, le garçon de l'hôtel accourt et prévient l'abbé que « le petit Monsieur » est malade. Georges inquiet se précipite et ramène Antone pâle, défait, claquant des dents. L'hôtesse offre aimablement une chambre où il pourra se coucher jusqu'au départ. Rousselot, pendant qu'on le conduit, raconte à l'abbé ahuri la course folle qu'ils ont faite depuis le chemin des Neyrolles. Il est interrompu par la patronne : « L'enfant a refusé sa tasse de thé, mais il demande à dormir tout habillé sur son lit. » C'est au mieux.

Le professeur et les deux élèves restent sur le balcon attendant le dîner. De quart d'heure en quart d'heure on s'informe de l'état d'Antone. Il dort : bon signe. Le soleil a disparu, mais le jour ne veut pas le suivre, et s'attarde longuement. « Une course pareille, murmure l'abbé, c'est une course à la mort ! » Georges troublé, le cœur lourd de remords, contemple en silence le lac lointain et tranquille.

Dans le crépuscule un vent plus frais et plus fort s'est élevé de nouveau. Il couche et froisse les hautes herbes qui semblent courbées par le passage subit d'un être invisible, d'un être qui achève de briser les roseaux à demi rompus et fuit mystérieusement à l'Ouest vers Nantua, vers Bourg. Une légère brume monte du lac. Dans le ciel clair, une à une les étoiles apparaissent. Les flancs des montagnes s'assombrissent ; dans la nuit uniforme les teintes des arbres s'éteignent : sapins d'abord, puis mélèzes, charmes verts, épiceas et bouleaux argentés. Des écharpes serpentent à mi-côte comme les robes traînantes des fées dans les légendes. Georges se sent encore plus triste. À l'heure du départ, Antone s'est levé harassé, fiévreux ; il se plaint toujours d'un point de côté. Arrivé à la gare, Georges l'enveloppe dans une couverture prêtée par la patronne de l'hôtel et le couche aussitôt sur la banquette du compartiment. Le voyage dure trois longues et mornes heures. Antone ferme les yeux de fatigue, mais il ne dort pas.

Bourg ! Dans le tumulte de la gare et les lumières aveuglantes, Georges et Rousselot descendent l'enfant qui souffre d'une courbature et d'une migraine atroce. On le hisse dans l'omnibus qui les ramène rapidement au collège. Puis par le grand escalier du Supérieur, éclairés par l'abbé Perrotot, ses deux camarades avec Bresson le transportent à l'infirmerie. Enfin le voici dans la salle bien cirée, couché non loin de la fenêtre, dans l'un de ces lits si blancs, si doux.

« Tu as de la chance, dit Rousselot, on va te dorloter. » Bresson reborde sa couverture, la sœur Suzanne, levée en hâte, prépare sur le gaz une boisson chaude.

« Bonsoir, Antone, dit Georges en serrant sa main brûlante, repose-toi bien.

– Bonsoir, Georges, » murmure Antone, répondant par une longue pression des doigts à sa poignée de main.

Tandis qu'il rentre au dortoir avec Rousselot, Georges lui demande : « Crois-tu qu'il ait attrapé quelque chose de grave ?

– Bah ! une courbature, une migraine ! c'est de la fatigue, riposte l'athlète des troisièmes, un bon somme et demain, il sera plus gaillard qu'avant. »

CHAPITRE VII

CŒURS TROUBLÉS

Il semble certains matins que les soucis guettent votre réveil pour vous assaillir tous à la fois. Au coup de cloche, Georges a été envahi par tous les événements de la veille, la conversation dans la forêt de Sylans, la course éperdue à travers la sapinière, les menaces de l'abbé Perrotot, la fureur de Monsieur Pujol, la santé d'Antone, la crainte du Supérieur. Dès la première récréation on l'entoure, il raconte l'aventure, aidé de Rousselot.

« C'est ta faute, Miagrin, dit Rousselot.

- Moi, répond le sacriste rouge de peur, je ne savais pas qu'ils étaient en arrière !

- Ce n'est pas vrai : tu l'as dit à Émeril ; tu le savais.

- Tout ça ne serait pas arrivé, dit l'impitoyable Beurard, si Ramon et Morère n'étaient pas toujours ensemble. »

Pendant la classe, Monsieur Pujol garde un air morose : il est plus sévère que d'habitude. Pourtant la pression des événements est trop forte et cinq minutes avant la fin de la classe il déclare avec une sourde irritation :

« C'est toujours la même chose, plus on se donne de mal pour vous faire plaisir, plus vous cherchez à nous décourager à force de sottises. Émeril et Beurard fument malgré ma défense, et surtout ce qui m'étonne, deux d'entre vous, en dépit des recommandations, trouvent le moyen de quitter le groupe et de se perdre dans un bois de sapins où l'on voit à trois cents mètres autour de soi. »

Georges baisse la tête sous la semonce, il entrevoit une histoire. À midi, il apprend que le Supérieur est absent pour deux jours, et respire. Ce soir il ira voir l'abbé Levrou et lui expliquera tout. Ce n'est ni sa faute, ni la faute d'Antone. Toute la journée, son ami reste couché, avec la fièvre et un point de côté.

« Il a trop couru, dit Rousselot, dans quelques jours il n'y paraîtra plus. »

Le soir, malgré son billet à l'abbé Levrou, Georges n'est pas appelé.

Le jour suivant est un jeudi. Après la composition, vers neuf heures, tout le collège, musique en tête, s'en va à la maison de campagne située à trois kilomètres de Bourg sur les bords du Jugnon, entre la Cambuse et Bellefin. Georges Morère devrait être plus tranquille : il n'a été menacé ni par le Supérieur, ni par Monsieur Pujol ; il se sent au contraire de plus en plus inquiet. Des bruits contradictoires circulent. Les uns disent que Ramon est très malade : la sœur lui a appliqué des ventouses scarifiées et il a déjà sept ou huit drogues sur sa table de nuit. De plus on a vu deux jours de suite le docteur « Thanate ». On parle maintenant de pleurésie.

« Bah ! remarque Rousselot en frappant son large thorax, je l'ai eue, la pleurésie, il y a deux ans. On m'a posé des ventouses et on m'a fait boire des drogues ; je n'en suis pas mort.

– D'ailleurs, ajoute Aubert, il ne souffre plus de son point de côté. » Ça doit être rassurant.

La classe du vendredi matin fut marquée par des incidents extraordinaires. Monsieur Pujol avait bien l'air d'écouter les leçons de ses élèves, mais, lui si méticuleux, si exact, laissait passer les plus grosses fautes et les notes qu'il donna soulevèrent des exclamations de surprise et de protestations par leur fantaisie. Puis, au lieu de faire de l'explication littéraire, il se résolut, au grand désespoir des paresseux, à dicter la traduction de plusieurs pages de Virgile. Les troisièmes n'y comprenaient plus rien, mais comme on le sentait d'humeur à mettre un mal de conduite pour un geste, on se résigna.

À l'étude suivante, Georges Morère est demandé par le Supérieur. Des chuchotements courent de table en table : « Ça y est, c'est pour l'affaire d'Antone. » Georges pénètre plus mort que vif dans le cabinet directorial, s'attendant à une semonce sévère suivie de l'arrêt définitif, le renvoi.

« Voyons, mon ami, dit le chanoine, expliquez-moi comment vous vous êtes trouvé avec Antone Ramon éloigné de vos camarades ? »

Georges surpris raconte les incidents de la promenade. On devait revenir par les Neyrolles à Nantua.

« Vous saviez que l'heure du train était 5 heures 11 et Monsieur Pujol vous avait dit qu'on repartirait de Nantua.

- Oui, Monsieur le Supérieur. » Puis il explique son itinéraire, son attente aux Neyrolles, la rencontre du paysan et la descente au pas gymnastique quand il avait su à quelle distance il se trouvait de la gare.

« Vous vous êtes affolé : c'est bien naturel. »

Georges s'étonne à son tour. Au lieu des reproches qu'il attendait, de la menace du renvoi, le Supérieur semble chercher à l'excuser.

« Vous n'avez pas entendu vos camarades vous appeler ?

- Non, Monsieur le Supérieur.

- Je vous remercie, mon ami, rentrez en étude. »

Cela lui est dit doucement, d'un ton presque douloureux. Georges n'y comprend rien. Il est sur le point de demander des nouvelles d'Antone, il n'ose pas. Une fois sur le palier, il n'a qu'un étage à monter pour être à l'infirmerie : il s'arrête un instant, hésite, mais le règlement est formel : « Après une visite au Supérieur ou à un professeur, on doit rejoindre immédiatement sa classe. » Soumis à la règle et plus scrupuleux encore depuis sa dernière aventure, il se penche sur la rampe, regarde le plafond de l'escalier, écoute attentivement s'il ne percevrait pas un son de voix, un gémissement d'Antone, et n'entendant rien, renonce à le voir et redescend, le malheureux.

Enfin pendant l'étude du soir l'abbé Levrou le fait venir. Dès qu'il le voit entrer :

« Ah ! mon pauvre enfant, s'écrie-t-il, qu'est-ce que vous avez fait ? »

Pour que l'abbé Levrou ne l'ait pas appelé « mon petit », il faut qu'il y ait quelque chose de grave. Ses yeux fixes et humides, ses mains claquant brusquement l'une contre l'autre, renseignent Georges plus que de longs discours sur l'état d'Antone.

« Il est gravement malade ?

– Il est perdu !

– Ah ! »

Cette exclamation d'angoisse rappelle l'abbé à la prudence.

« Écoutez, Georges, à votre âge on n'est jamais perdu. Le corps a une telle résistance qu'il peut traverser bien des crises et supporter bien des secousses sans succomber. Mais son état est grave, très grave ; demain matin je lui administrerai les derniers sacrements. Qu'est-ce qui s'est passé ? »

Alors Georges recommence son récit pour la troisième fois ; à son directeur il avoue tout : la conversation au bois de sapins, l'exaltation croissante d'Antone, sa joie enfantine et comment ils se sont embrassés comme deux frères.

« Monsieur Pujol a fait appeler par vos camarades avant de partir. Vous n'avez pas entendu ?

– Non. »

Georges baisse la tête atterré.

« Si bien qu'il est accusé de négligence à votre égard. Mais laissons cela pour l'instant. Mon pauvre enfant, vous n'avez pas cru mal faire et ce n'est pas moi qui vous accablerai, mais priez, priez le bon Dieu pour votre ami. »

Le soir au dîner, les élèves lui apprennent que le père et la mère de Ramon viennent d'arriver. On les a vus traverser la cour avec deux autres parentes. Lorsque après le repas le collège se réunit à la chapelle, l'abbé Graffin, l'économe qui fait office de chapelain, commence par dire : « Mes chers enfants, je vous demande de prier tout particulièrement pour un de vos camarades, Antone Ramon, qui est dangereusement malade. »

Et, en effet, la prière du soir semble moins monotone, moins mécanique, malgré cette uniforme psalmodie dont elle est récitée. Dans les litanies, après l'invocation à l'Étoile du matin, l'Économe s'arrête un instant pour rappeler l'attention et trois fois de suite, sans changer le ton habituel, mais d'une voix de plus en plus forte il répète : « Salut des malades, priez pour nous. – Salut des malades, priez pour nous. – Salut des malades, priez pour nous. »

CHAPITRE VIII

LE SILENCE DE LA CLOCHE

Le malheureux Georges ne vit plus ; une charge inattendue s'est abattue sur ses épaules ; il ne veut pas croire à la gravité de cette maladie ; non, ce n'est pas possible qu'Antone à peine frissonnant au soir de cette fatale promenade soit en danger de mort. Et pourtant, il faut bien qu'il accepte cette idée. Maintenant dans tout le collège il n'est question que de son ami ; maintenant il comprend les soucis de M. Pujol, l'enquête du Supérieur. Épouvanté, il laisse ses leçons et écrit à sa mère :

« Je viens de commettre une chose affreuse. Antone Ramon est malade, malade à la mort ; et c'est ma faute. Je l'ai forcé à courir pour rattraper nos camarades, mardi dernier à cette promenade de Nantua dont je t'avais parlé et il a subi un refroidissement. Monsieur et Madame Ramon sont venus. Je n'ose demander à le voir parce qu'ils doivent m'en vouloir d'être cause d'un pareil malheur. Maman, maman, prie pour lui ; fais prier pour lui, Bridgette, Marie-Thérèse et Marthe, demande à Monsieur le Curé de dire la messe pour sa santé, je serais trop malheureux s'il lui arrivait malheur. Je ne peux plus apprendre mes leçons ; mes devoirs je les fais je ne sais comment ; toute la journée je suis accablé par cette idée : "S'il allait mourir ?" »

Et sa lettre continue sur ce thème lamentable, il confie à sa mère toutes ses angoisses :

« Tu ne sais pas combien c'est ma faute, je ne sais même si je pourrai te le dire ; mais je serais trop puni, si sa mort en était la conséquence. Demande à Dieu qu'il ne me punisse pas comme cela, qu'il éloigne ce calice… » Les dernières lignes sont proches du délire.

À la fin de l'étude, le réglementaire entre, monte au bureau du surveillant et lui parle à voix basse. Aussitôt celui-ci donne l'ordre de ranger les livres et dit la prière qui termine chaque exercice. La cloche ne sonne pas. Pourquoi ? Les élèves se regardent étonnés. L'abbé Russec paraît à la porte et les conduit au réfectoire pour le petit déjeuner. Tous les exercices de la matinée se font de la même manière : le réglementaire ouvre la porte, se montre et s'en va. C'est le silence lugubre du Vendredi-Saint quand la cloche est à Rome. Elle est là-haut pourtant, au-dessus de l'infirmerie, mais immobile et muette, car son tintement et ses vibrations trop fortes font crier le petit Antone sur son lit et les parents ont obtenu son silence. Elle attend.

Dès le matin l'abbé Levrou est venu voir l'enfant ; il l'a éclairé sur la gravité de son état, et voyant ses yeux s'agrandir de terreur devant la mort apparue et se remplir de larmes, il l'a rassuré, mais chrétiennement. « Oui, vous êtes très malade, mon petit, mais ayez confiance, on prie pour vous : vos camarades, vos maîtres, vos parents, les amis de vos parents, tout le monde demande au bon Dieu de rendre la santé au petit Antone. Vous voyez donc que vous n'êtes pas abandonné. » C'est vrai. Le bon abbé Perrotot le lui a déjà dit, les larmes aux yeux, la sœur le lui redit, le Supérieur le lui répète. Sa mère, ses tantes occupent leur douleur en écrivant, tante Zaza aux Franciscaines de Lyon, tante Mimi aux Dominicaines. À Lourdes, à la Salette, à Fourvières, à Einsideln, à Notre-Dame des Victoires, à la rue du Bac, partout où ces bonnes filles ont promené leur piété un peu inquiète et laissé leurs aumônes, elles réclament des prières pour leur neveu. Madame Ramon écrit aussi à sa cousine, Supérieure des Sœurs de Sainte-Marie d'Angers, à son oncle, directeur du collège de Florenne. Le chanoine Raynouard le recommande aux Sœurs de Saint-Joseph de Bourg, et l'abbé Levrou aux adorateurs de nuit de la Basilique du Sacré-Cœur à Montmartre. De proche en proche se tisse un réseau de prières pour couvrir Antone, pour le mettre à l'abri de l'invisible faux.

Aussi Antone reprend espoir en écoutant son directeur lui conseiller de se purifier, d'abord, et de s'offrir généreusement à la volonté de Celui qui l'a créé et racheté. Il se confesse avec peine car il souffre. L'abbé lui rappelle sa première communion, le chemin parcouru depuis, ses défaillances ; il lui montre sa faiblesse intime et l'enfant qui vient d'avouer dans un grand trouble ses « familiarités » avec un camarade, sent en effet le poids lourd de la faute originelle, et en comprend les terribles conséquences.

« Il faut pardonner, lui dit l'abbé, à tous ceux qui vous ont porté au mal. » Antone simplement et humblement, déclare qu'il pardonne à tous, même à celui qui l'a mis dans cet état, à ce Miagrin dont la fausseté le révolte malgré lui. Il pardonne et il se soumet à la volonté de Dieu, même si cette volonté est la mort. Tant il est facile de faire accepter les plus durs renoncements, à l'âge où l'on devrait, semble-t-il, s'accrocher le plus obstinément à la vie ! Hélas ! ce sacrifice qu'on fait généreusement à quatorze ans, le ferait-on aussi facilement à cinquante ! Sainte confiance de la jeunesse, heureux ceux qui vous conservent.

Antone a reçu le pardon de ses fautes : « Soyez calme, mon petit, dit l'abbé, promettez à Dieu de l'aimer toujours par dessus tout, par dessus tous, d'être son soldat fidèle dans la vie. Je vais vous donner la sainte Communion et l'Extrême-Onction. »

Lorsqu'il rentre en surplis et en étole, la custode en main, Antone, malgré lui jette un regard sur l'enfant de chœur. Non, ce n'est pas « lui », mais Luce Aubert. L'abbé Levrou n'a pas osé prendre Georges ; il a prévu une crise de sanglots, et il a craint de troubler l'enfant malade. Antone se recueille, communie. Un grand calme se fait en lui. Il n'a plus peur : il a trouvé un appui. Si Dieu le veut, il est prêt, pourtant qu'il ait pitié de ses parents, qu'il ait pitié de celui qui n'est pas là…

À midi, avant les grâces, le Supérieur a donné cet avis au collège :

« Mes enfants, votre camarade Antone Ramon est dans un tel état de faiblesse que des bruits trop violents redoublent ses souffrances et augmentent sa fièvre, je vous demande donc de jouer le plus loin possible de la maison, du côté de la Reyssouze, et d'éviter les clameurs d'ensemble et les cris aigus. »

Il n'en fallait pas tant pour arrêter net la vie ; les élèves osent à peine parler. Ils restent au fond de la cour par groupes discutant la gravité de la maladie, les chances de guérison. En vain l'abbé Russec leur répète : « Vous pouvez courir, mais évitez de crier ; » les jeux manquent d'entrain. Parfois quelques-uns se rapprochent de la maison. Ce sont les nouveaux qui se font montrer la fenêtre de l'infirmerie par un ancien et regardent ces vitres aux rideaux d'étamine blanche derrière lesquelles souffre leur condisciple. Puis on voit le chanoine Raynouard sortir avec un grand Monsieur aux favoris blancs, à la figure vieillie et ridée qui fait des gestes évasifs. Le médecin Thanate l'accompagne avec Monsieur Berbiguet. Quand ce dernier vient parler à l'abbé Russec, il est aussitôt entouré des élèves. Il leur apprend que le vieux Monsieur est le docteur Bradu, le doyen de la Faculté de Médecine de Lyon ; Antone Ramon a une pneumonie très grave : tout dépend de la résistance de l'organisme. La plus dangereuse période c'est la première semaine. S'il la dépasse il sera sauvé. Les troisièmes se mettent alors à supputer les jours : il est tombé malade le mardi soir, 17 juin, il faut qu'il résiste jusqu'au prochain mardi 24, ou mercredi 25. On est au samedi, c'est donc encore trois jours d'angoisse. Le réglementaire apparaît sur les marches du perron. Dans les trois cours en éventail, les préfets de division frappent dans leurs mains pour rappeler les élèves ; et cette rentrée des enfants sur deux lignes, le bruit de leurs pas multipliés sur les graviers, le piétinement, après l'arrêt subit des voix, évoquent déjà l'accompagnement silencieux d'un cortège funèbre.

CHAPITRE IX

UNE DISPARITION

Georges n'était pas le seul que cette catastrophe eut abattu ; un autre élève était travaillé par d'intimes remords. Il ne paraissait plus en récréation, mais sous mille prétextes s'évadait de la cour pour s'enfermer dans la sacristie. Assis près d'une armoire ouverte il songeait, songeait indéfiniment. C'était Miagrin. Si fielleux, si envieux, si haineux fût-il, ce n'était pas un monstre complet ; il n'avait espéré qu'une histoire à faire renvoyer Morère ou Ramon ou les deux à la fois, car leur présence lui était insupportable, mais la mort n'était jamais entrée dans ses calculs. La veille il était monté, lui, jusqu'à l'infirmerie ; son titre de sacristain lui permettait de pénétrer dans la petite chapelle. De là il avait pu entrevoir à travers les rideaux blancs, et sur ses oreillers la figure souffrante et haletante d'Antone. Cette vue l'avait bouleversé : maintenant sa terreur était d'apprendre la mort qu'il avait préparée. Le dégoût de lui-même lui montait aux lèvres. Ce petit riche, ce fortuné à qui tout riait, la fortune, l'avenir, la famille, la sympathie universelle, il l'avait vu tourner ses yeux brillants de fièvre et cernés de souffrance vers sa mère en larmes, vers la figure contractée de son père, vers ses tantes cachées derrière son rideau pour n'être pas vues pleurant, vers l'interne silencieux qui humectait ses lèvres entr'ouvertes, vers la sœur, égrenant à l'écart d'une voix de source les avés de son rosaire. À tous, ses pauvres regards disaient : « Je souffre, vous qui m'avez élevé, vous qui savez soigner, vous qui m'aimez, ne me laissez pas souffrir. » Miagrin avait vu cela et depuis ce moment un sombre désespoir l'emplissait lentement, ce désespoir fait de l'insupportable mépris de soi-même qui, chez les adultes, fait germer d'affreuses pensées et leur met une corde aux mains…

Le Supérieur a fait appeler de nouveau Georges Morère, pendant l'étude du soir. Il avait lu sa lettre et l'avait mise de côté. « Mon enfant, lui dit-il, que la douleur ne vous égare pas et ne vous fasse pas prendre des responsabilités qui ne pèsent pas sur vous. Vous vous accusez à tort ; si vous avez été imprudent, un autre l'a été plus que vous, un malheureux qui a trompé vos maîtres jusqu'ici et que je n'aurais jamais soupçonné, s'il n'était venu m'avouer sa faute. Il m'a demandé lui-même de quitter la maison, sans revoir personne. Ses raisons me semblent trop graves pour refuser. Mais il veut que je vous dise, à vous et à Antone Ramon toute sa honte et tout son désespoir devant les terribles conséquences de sa mauvaise rancune. Modeste Miagrin part demain, puis-je l'assurer de votre pardon, comme de celui d'Antone Ramon ? »

Georges Morère ne sait que trop le rôle de l'infâme envieux dans ce drame et sa colère est exaspérée. Mais il songe que peut-être ce pardon lui obtiendra de la Providence la seule récompense qu'il désire : la guérison d'Antone. Il déclare qu'il fera tous ses efforts pour oublier, puis subitement : « Monsieur le Supérieur, je vous en supplie, laissez-moi voir Antone. » Mais le chanoine s'y oppose : le malade a 40 degrés de fièvre ordinairement, parfois plus, on est à la merci d'une montée plus forte et il faut écarter sévèrement tout ce qui peut l'exciter, le fatiguer, et influer sur sa température. Ce qu'il ne dit pas, c'est qu'il a dû faire auprès d'Antone la même démarche au nom de Miagrin et que l'émotion trop forte a aggravé la fièvre.

« Offrez, conclut le chanoine, offrez ce sacrifice à Dieu pour obtenir la guérison de votre camarade. » Georges rentre en étude accablé ; il n'a plus d'espérance. Pour qu'on l'empêche d'approcher son ami, il faut qu'en effet son état soit bien grave. Il regarde sa place vide à l'étude, au réfectoire, à la chapelle, et cette brèche dans la suite de ses condisciples lui inspire une indicible terreur. À la prière du soir l'économe renouvelle la recommandation d'Antone aux prières des élèves : « Nous dirons un *Souvenez-vous* à l'intention de notre petit malade et de sa famille. »

Pourquoi *petit* malade ? Passe encore chez l'abbé Levrou dont c'est le mot habituel, mais pour l'Économe que signifie cette façon de nommer Antone comme s'il avait de sept à dix ans, alors qu'il en a quatorze ?

Le lendemain, à la messe, les élèves aperçurent sous la tribune trois dames aux figures flétries, accablées sur les prie-Dieu et près d'elles un homme d'une grande élégance, debout, les joues fanées, les yeux ternes d'un joueur. C'était Monsieur Ramon avec sa femme et ses sœurs. Il fallait que l'état de l'enfant se fût amélioré pour qu'ils eussent quitté tous les quatre le chevet de leur fils ; mais si les élèves avaient connu la vie ils auraient pensé qu'il fallait aussi que les craintes fussent bien vives pour qu'à la communion Monsieur Ramon vînt avec sa famille s'agenouiller sur la marche du chœur.

Antone s'était assoupi au matin : il reposa quelques heures. Ce fut un grand bien. À huit heures, quand on prit sa température, le thermomètre marquait une baisse sensible. « Il y a du mieux, disait tante Zaza, un grand mieux, il n'a plus que 39 degrés de fièvre ! » Et tante Mimi pleurant de joie regardait la feuille pour être bien sûre que sa sœur disait vrai.

L'abbé Levrou vient dire la messe à la chapelle de l'infirmerie dont on a ouvert avec précaution la cloison à jour. Antone suit avec émotion ; il se rappelle ses dernières Pâques.

Sa mère s'est penchée sur lui. À le voir calme, silencieux, les yeux fermés, elle a eu peur ; il la regarde, il a compris. La journée du mardi glisse, lourde et lente ; on voudrait tant que la fièvre baissât encore. C'est le dernier jour de la semaine, et puis la fatigue, le surmenage ravage tellement ces pauvres êtres trop nombreux autour du malade, mais incapables du sacrifice de s'éloigner quelque temps ! Monsieur Ramon en bâillant, regarde par la fenêtre les cours où les enfants jouent, car à la longue tout s'émousse et les jeux ont repris comme avant la maladie d'Antone ; il faut maintenant toute l'énergie des préfets et des surveillants pour maintenir les coureurs au fond de la cour et pour apaiser les disputes qui provoquent immédiatement de grands cris. Madame Ramon s'endort dans le fauteuil et sa tête se lève et s'abaisse lentement avec parfois une chute soudaine qui la réveille brusquement.

Vers cinq heures et demie, après la récréation, Antone s'agite : mille idées confuses l'assaillent et voici que s'implante en lui la certitude que Georges Morère l'abandonne ; c'est fou, il le sait, mais il ne peut chasser cette idée. Georges Morère n'est pas venu le voir une seule fois, il ne lui a pas donné une marque d'affection, d'intérêt ; pourquoi ? C'est qu'il le juge coupable, qu'il ne veut plus le revoir ; et sa petite tête trop fatiguée pour résister, succombe à cette pensée. Ah ! si Georges avait été malade, non, rien, ni personne n'aurait empêché Antone d'accourir. Puis il s'accuse, c'est mal de penser cela, il doit aimer Dieu par dessus tout ; il ferait mieux de demander pardon à sa mère et à son père.

D'une voix lasse il appelle :

« Maman. »

Si faible que soit cette voix de malade, elle frappe directement au cœur la mère qui s'éveille et s'approche : « Tu veux boire, Tonio ?

- Non, viens. »

Et quand il a son cher visage bien aimé près du sien, il l'embrasse et lui murmure à l'oreille :

« Je te demande pardon…

- Oh ! Tonio, ne parle pas ainsi. »

Tout le monde se réveille, le père a rejoint l'enfant, les tantes aussi : « Qu'est-ce que tu veux, dis ? » mais la mère s'abat en larmes sur le bord du lit, tandis qu'Antone écarte du geste ses tantes et répète à son père en l'embrassant à peine, car toutes ces présences pourtant chères le fatiguent :

« Papa pardon… de tout… »

Les deux tantes ont entendu et émues jusque dans leurs entrailles maternelles, elles prennent ses petites mains chaudes de fièvre et les baisent avec amour et Tonio redit encore :

« Pardon tante Mimi… Pardon tante Zaza… » et elles éclatent en sanglots.

La sœur les calme, les fait asseoir et seule dans cette scène de douleur assez maîtresse d'elle-même, prononce :

« C'est bien, mon enfant, Dieu vous bénira, il vous récompensera. »

Peu à peu les sanglots s'apaisent, les larmes sont essuyées, mais un lugubre pressentiment assombrit tous ces cœurs. Le petit malade leur a fait ses adieux. Il ne retrouve pas la paix cependant, il songe à Georges : « Ah ! l'ingrat, qui ne vient pas recevoir la demande de pardon de son Antone ! » Puis il a peur et murmure : « Mon Dieu, non, c'est vous que j'aime. » Vers six heures la fièvre le reprend, elle monte à 41 degrés.

« La nuit sera mauvaise, dit la sœur au Supérieur. On l'a trop fatigué. »

Avant la prière du soir le chanoine adresse quelques mots : « Mes chers enfants, Dieu nous a conservé jusqu'ici votre condisciple, malgré de redoutables assauts ; prions-le d'achever son œuvre miséricordieuse, prions-le, avant de nous endormir nous-mêmes, d'accorder à Antone Ramon une nuit de bon repos, d'écarter de lui, comme dit le bréviaire, tous les périls et tous les cauchemars de la nuit. *Procul recedant somnia et noctium phantasmata.* » Et M. l'Économe à son tour prononce d'une voix plus lente cette phrase coutumière : « Nous vous supplions Seigneur de visiter cette demeure et d'en éloigner tous les pièges de l'ennemi. Que vos saints anges y habitent afin de nous conserver en paix. »

CHAPITRE X

DANS LA NUIT

Georges avait repris espoir. Miagrin était parti ; avec lui, croyait-il, disparaissait le mauvais génie de la maison. Ce soir il remonte au dortoir d'un pas lourd. Une angoisse l'étreint à l'étouffer. C'est la dernière nuit de cette semaine critique, demain ce sera mercredi 27 juin, mais Antone passera-t-il la nuit ? De neuf heures du soir à cinq heures du matin, cela fait huit longues heures pendant lesquelles il ne saura rien. Le surveillant a baissé le gaz en veilleuse et prononce la dernière prière : « *In manus tuas Domine :* Entre vos mains, Seigneur. » Et les élèves répondent machinalement : « Je remets mon esprit : *Commendo spiritum meum.* » Et c'est le silence. De son lit Georges aperçoit dans la galerie la lanterne balancée d'un domestique : il le voit se diriger vers l'infirmerie dont un pilier lui masque la porte.

Pendant quelques minutes le surveillant se promène dans l'allée que forment les deux rangées de lits. La lumière de la veilleuse fait monter son ombre au plafond quand il s'éloigne, et quand il revient la fait redescendre peu à peu. Bientôt le rythme régulier des respirations lui apprend que tous les élèves sont endormis et il rentre dans sa chambre. Seul Georges veille, il se retourne dans ses draps et se reproche de se reposer tandis qu'Antone souffre. Antone souffre, et peut-être qu'au réveil il apprendra le fatal dénouement ; ce sera trop tard, tout sera fini. Non, cette pensée est abominable. Et pourtant si Dieu n'est pas fléchi, n'est-ce pas l'issue le plus à craindre ? Dieu veut qu'on lui fasse violence, qu'on le prie. Georges s'est levé sans bruit, il s'habille, il se jette à genoux, il est décidé à passer la nuit en prières. Peut-être ainsi gagnera-t-il le cœur de Dieu ? Et tout de suite sa douleur crève. Il s'accuse d'avoir manqué à tous ses devoirs, il avoue à la Toute-Puissance miséricordieuse son orgueil et sa misère ; il se reproche amèrement sa conduite à l'égard d'Antone : comme il l'a traité durement, qu'il a été fier et maladroit avec lui ! Il s'est cru une perfection, à cause de sa rigidité, de son exactitude, de son application au travail. Et Antone lui a montré qu'il y avait quelque chose de supérieur à tout cela, le dévouement ; car Antone l'a aimé, a vécu non pour soi, mais pour lui, Georges, a souffert de ses humiliations. S'il l'a quitté de rage d'être repoussé, il a tout osé pour lui prouver son repentir et il s'est tué pour lui épargner des reproches et une punition ! Il s'est tué pour lui prouver que son amitié était forte et virile comme Georges la voulait.

« Faut-il que je sois misérable, égoïste et infâme, ô mon Dieu, n'avoir même pas vu qu'il se sacrifiait à ma peur ! » Alors Georges commence à comprendre cette âme si délicate et si forte qu'il a méconnue, il se répand en actes de contrition et implore ardemment la miséricorde Divine pour son ami. Puis c'est la Vierge qu'il invoque. Notre-Dame de Lourdes qu'Antone a visitée, mais au fil de ses avés la fatigue l'accable : deux ou trois fois il se surprend lui-même à dormir : il se reproche cette faiblesse, il se rappelle la parole : « Veillez et priez. » Pour lutter contre le sommeil il va se baigner la figure au lavabo. Agenouillé près de son lit il supplie Dieu de ne pas imputer à Antone ses propres fautes : « Sauvez-le Seigneur, sauvez-le, vous êtes bon, vous êtes pitoyable aux malheureux. Vous qui guérissez tous les malades, guérissez-le… Notre-Dame de Lourdes, priez pour lui… » et il égrène éperdûment son chapelet, il ajoute dizaine à dizaine, mais la fatigue revient insensiblement, penche son front malgré lui et l'endort plié sur les genoux, la tête et les bras appuyés sur son lit.

« Georges ? » Brusquement il se réveille et reconnaît dans le crépuscule du dortoir le Père Levrou : « Venez vite ! » Il ne demande pas pourquoi, il a compris, il se lève sur ses jambes engourdies et se hâte dans la galerie près de l'abbé qui lui explique : « Antone est au plus mal ; tout à l'heure il vous a demandé. Surtout ne pleurez pas, il y a ses parents. » Il entre derrière l'abbé dans la petite chambre éclairée et brusquement aperçoit les deux tantes agenouillées au pied du lit et secouant la tête de désespoir, la mère en larmes, un bras derrière l'oreiller pour redresser son enfant, et le père qui, lui, tourne le dos pour ne pas le voir souffrir et mord son mouchoir pour ne pas éclater en sanglots. Sur le lit blanc un petit être chétif, aux joues creuses, aux prunelles sanguinolentes, griffe de ses doigts diaphanes le drap qui déjà sur son corps maigrelet dessine d'horribles plis. C'est cela Antone ! Georges comprend. Oui c'est bien le petit Antone. Il halète à grand bruit et à chaque aspiration sa tête douloureuse se renverse par un mouvement mécanique.

« Antone ! appelle Georges en s'approchant, Antone ! »

Antone ne répond pas, il est tout à sa souffrance ; il n'a même plus la force de tourner les yeux vers son ami, de le voir qui tombe à genoux et éclate en larmes, malgré l'abbé Levrou, malgré la sœur qui lui font signe. Ce n'est plus Antone, c'est un pauvre corps qui lutte. Antone est perdu au fond de cette petite poitrine qui se soulève précipitamment pour rejeter un poids écrasant, qui appelle l'air bien vite, bien vite, avec la crainte de ne pas l'aspirer à temps.

« Parlez-lui un peu, » dit l'abbé Levrou lorsque Georges est plus maître de lui, et Georges reprend :

« Antone c'est moi, c'est Georges, ton ami Georges. »

Antone ne répond pas ; Antone ne répondra pas, il est absent. Pourtant il s'est arrêté de haleter, sa langue cherche un peu de salive dans sa bouche, sa gorge desséchée se contracte et soudain par deux fois il appelle « Khém ! Khém ! » Il tourne ses yeux effarés, ses grands yeux d'épouvante vers Georges qui lui prend la main, et qui le supplie encore : « Antone ! Antone ! » ; puis vers l'abbé Levrou, vers ses parents, et, sans une parole, se remet à haleter de sa petite poitrine exténuée. Il ne reconnaît plus.

Il est inutile d'insister, l'abbé Levrou le comprend ; il se penche vers Georges :

« Rentrez, mon petit.

- Oh ! non.

- Si, » dit l'abbé, et il montre les parents qui se mordent les mains de désespoir.

Georges se lève en chancelant, jette encore un regard sur Antone, encore, encore, et sort, doucement poussé par l'abbé Levrou. Mais à peine dans la galerie il éclate en gros sanglots.

« Allons ! Georges, couchez-vous, lui dit l'abbé en larmes, ne désespérez pas. J'en ai vu d'aussi malades qu'Antone revenir à la santé. Couchez-vous, c'est le règlement. Celui qui vit selon le règlement vit selon Dieu. »

Georges est bien forcé d'obéir. Il revient au dortoir, se remet au lit et la bouche sur son traversin sanglote sourdement. Non il n'a plus d'espoir, il a vu Antone pour la dernière fois et son impuissance l'écrase au point qu'il a envie de crier. Dans la vaste salle assombrie ses condisciples dorment ; il entend leur respiration égale et dans le fond le sifflement lent et régulier d'un élève enrhumé. Alors, il se tourne vers Dieu ; dans son désespoir, il se donne, il s'offre avec acharnement : « Prenez-moi, mon Dieu, prenez-moi à la place d'Antone. » Que lui importe son père, sa mère, ses sœurs ! Il veut être la rançon de son ami. Il s'obstine, il voudrait souffrir, sentir que Dieu l'accepte. Puis l'idée lui vient que Dieu peut-être l'a puni de songer à la gloire militaire, qu'il voulait l'éprouver, lui indiquer sa véritable voie et il promet de renoncer à cet avenir, de se faire religieux, missionnaire dans les régions perdues, chez les peuples les plus barbares ou de soigner les maladies les plus répugnantes, dans une léproserie immonde et inconnue, afin de tuer en lui toute gloire. Les prières succèdent aux prières, et c'est une surenchère de sacrifices qui se termine par ce cri : « Seigneur Jésus, sauvez, sauvez Antone. »

À la fin d'autres scrupules l'assaillent : il lui semble qu'il manque de générosité, qu'il propose un marché à Dieu, qu'il pose des conditions. Alors il se contente de dire : « J'ai confiance en vous. Faites, ô mon Sauveur, ce que vous voudrez, je vous promets quand même de suivre votre appel, de me dévouer quand même, oui même si… » Et soudain tout son cœur comprimé par cette prière héroïque sans condition, éclate dans un appel éperdu : « Je ne peux pas, oh ! non, sauvez mon cher Antone. » Et il pleure, et dans ses larmes il se rappelle que le Christ a loué la foi du centurion, l'importunité de la Chananéenne, les cris de l'aveugle de Jéricho. C'est cela ; il faudrait qu'il eût leur foi ardente, la foi qui obtient des miracles, la foi de Lourdes dont lui parlait naguère Antone, la foi qui là-bas arrache au Christ la guérison des malades. Un espoir nouveau germe en lui. Il veut se lever, descendre à la chapelle : « Oui, se dit-il, j'entrerai, je me jetterai à terre sous la veilleuse et là je pleurerai jusqu'au jour. Si la chapelle est fermée, je m'étendrai à terre devant la porte et je répéterai inlassablement : "Seigneur, qui avez dit : Demandez et vous recevrez, frappez et l'on vous ouvrira, ouvrez-moi, c'est votre Georges, qui vous aime, qui se donne tout à vous et qui vous supplie, vous si bon, si aimant, d'avoir pitié de son ami, de guérir Antone." »

Le voici debout. Mais tandis qu'il s'habille en hâte ses voisins se réveillent :

« Où vas-tu ? Qu'est-ce que tu as ? Eh ! bien, et Antone ? » Ce bruit fait sortir le surveillant qui vient à lui.

« Vous êtes malade, Morère ?

- Oh ! Monsieur, laissez-moi, Antone…

- Voyons, Morère, soyez raisonnable, couchez-vous. Laissez dormir vos camarades. »

Il se trouble, il a honte, il n'ose dire à cet homme sa résolution ! Sa foi trébuche au premier obstacle. Oh ! la force de l'habitude, la peur de paraître singulier, la honte de se montrer vraiment ce qu'on est, quelle misère ! Georges obéit, il se recouche avec la crainte sourde de laisser passer une heure de grâce, de ne pas répondre à un appel, de ne pas accomplir l'acte attendu, l'acte qui lui obtiendrait la guérison d'Antone.

CHAPITRE XI

LA CLOCHE SONNERA-T-ELLE ?

Dans son lit, il attend sans larmes, sans sommeil, sans espérance. Une seule pensée s'agite dans sa tête. « Est-il mort ? Je sens qu'il est mort. » Et il se représente ce petit corps amaigri, rigide sous le drap avec le soulèvement immobile des pieds, la bouche entr'ouverte, les lèvres décolorées, les paupières violettes refermées à jamais et ses doigts, ses pauvres doigts de cire engagés les uns dans les autres dans une attitude de prière et enveloppés du chapelet. Il voit les hommes durs descendant avec peine par le grand escalier ce fardeau insensible et lourd, cette chose anguleuse qui heurte les murs aux tournants et qu'on manie cependant avec précaution, car c'est Antone en son cercueil.

Les rideaux des fenêtres blanchissent peu à peu, la lueur des becs de gaz en veilleuse cesse de faire trembler les ombres éclaircies ; dehors, les piliers de la galerie se dégagent et les nervures s'accusent dans l'aube blême. Quatre heures sonnent. C'est le petit jour. Dans une heure Georges saura. Il saura certainement, car cette alternative s'impose à son esprit : « Si Antone est vivant, la cloche continuera de se taire ; s'il est mort, ne pouvant plus le faire souffrir, elle se remettra à sonner. » Et ce raisonnement ravive toutes ses terreurs : « Oh ! s'il était mort ! » L'abbé Levrou samedi soir ne lui a-t-il pas dit : « Nul ne peut entrer dans le conseil de Dieu ! Parfois il enlève les plus jeunes parce qu'ils ont déjà prouvé leur impuissance à lutter contre leurs passions, parce qu'ils jetteraient peut-être le désordre dans d'autres cœurs qu'il se réserve. Ainsi en les appelant à lui dès l'adolescence, il leur épargne les trop lourdes épreuves de la jeunesse et de l'âge mûr. Parfois aussi il se sert d'une âme pour en éclairer d'autres. Un deuil rend la bonté à des cœurs durs et égoïstes, ramène au devoir des âmes dévoyées, éclaire des inutiles sur leur propre vie, retentit de proche en proche et développe une source de bienfaits insoupçonnés des aveugles et des esprits vulgaires. » Et c'est vrai. Georges n'est-il pas éclairé ? Sait-il le travail qui se fera dans la famille d'Antone, et n'a-t-il pas vu la transformation de Miagrin ?

Pourtant il rejette cette doctrine trop amère. Non, Dieu est bonté, Dieu est amour. Mais s'il le croit, s'il le sent vraiment, pourquoi craindrait-il ? Qu'il laisse agir cet amour divin, qu'il s'y abandonne comme Antone. C'est une lumière qui grandit en lui, chasse les craintes, le baigne, l'apaise. Il éprouve intimement la confiance de Saint Jean : « Nous avons cru à l'Amour. » Ainsi, à l'aube, la crise de douleur est subitement calmée, ou plutôt dans le trouble de cette mer, il se sent fixé comme un vaisseau à l'ancre. Un sec raisonnement, semble-t-il, a fait ce prodige et son intelligence perçoit la vie dans sa vérité. Oui, à force de prier pour Antone, il l'a comprise :

« Qu'importe la durée terrestre : toute une vie riche et féconde peut tenir en quelques mois, entre les murs étroits d'un obscur collège, à l'âge où, croit-on, l'on ne peut guère agir. »

La brève année scolaire d'Antone repasse dans son imagination étonnée. Et c'est bien une vie entière avec les luttes, les affections, les haines, les chutes et les relèvements de la vie. N'a-t-il pas vu la meule des péchés et des vices assiéger son ami et se disputer son âme ? Lui-même, Georges, n'a-t-il pas été pour lui un exemple d'orgueil, comme les Patraugeat de paresse, les Lurel et les Monnot de mensonge et d'impudeur, les Miagrin d'hypocrisie et de bassesse ? Et il s'humilie, soumis et résigné. Non, il ne doit pas prendre une décision dans ce bouleversement de son âme, il attendra que Dieu l'éclaire sur sa voie et son avenir. Il se tiendra prêt à tout appel, attentif à remplir sa vie, c'est-à-dire à se dévouer.

L'horloge du collège sonne dans le jour avec un timbre plus clair.

Quatre heures et demie ! Des domestiques en pantoufles passent dans les galeries. Bresson sort avec un paquet de linge sous le bras. Où va-t-il ? Dans l'alcôve au fond du dortoir, déjà le surveillant s'habille. Encore vingt-cinq minutes et Georges saura. Oh ! cette cloche, si elle pouvait rester immobile !

Il a repris son chapelet et maintient le calme de son cœur prêt à lui échapper, par la monotonie suppliante des avés. Ses camarades dorment toujours. Encore un quart d'heure ! Dans son lit il tremble de fièvre après cette nuit d'insomnie. Puisqu'il est soumis à Dieu, puisqu'avec le dégoût de la gloriole, lui est venu le sincère désir de se vouer à la tâche que Dieu lui donnera, il devrait avoir une confiance absolue, un repos d'esprit entier. Non, son âme est suspendue au souffle haletant de son ami, de son Antone qui l'a tant aimé et que lui n'a pas assez aimé. Il ne peut pas abandonner tout espoir.

S'il peut le revoir dans son lit de dortoir maintenant vide, comme il veillera sur lui, comme il le formera, comme il contiendra et dirigera cette amitié trop expansive, mais si forte ! Comme il l'entraînera au bien, car il ne le lui a pas dit assez nettement à Sylans. En quelque lieu que ce soit, c'est pour Dieu qu'il faut travailler. Leur amitié ne sera plus qu'un dévouement unanime, quelle que soit leur vocation et leur vie, à la même cause divine.

Quelques minutes encore ! Toute l'angoisse de la nuit cherche à le ressaisir ; mais sans lutter, sans se raidir, il prie ; il se prépare à accepter la volonté de Dieu, sans révolte, ni blasphème, si c'est la grande épreuve, avec la reconnaissance de tout son être prosterné, si c'est le salut.

Enfin l'horloge annonce cinq heures. Georges Morère s'est assis sur son lit, attentif, les regards fixés sur la cour. À mesure que les coups de l'horloge tombent dans le silence du cloître, une espérance timide se lève lentement au fond de son âme et monte dans ses yeux ; il se prépare à s'agenouiller, il n'ose encore se livrer à la joie. Brusquement le lourd battant d'airain frappe la cloche sonore. Toutes les têtes se dressent hors des lits, effarées, et, les paupières battantes, dans la lumière du matin, les élèves se regardent, s'interrogent :

« Hein… quoi ! la cloche ! Alors, Antone est mort… Ah ! pauvre Antone ! »

Le surveillant s'est avancé au milieu du dortoir ; il semble lui-même hésiter, enfin il lance l'appel quotidien du réveil :

« *Benedicamus Domino.* – Bénissons le Seigneur. »

Et tandis qu'il éteint l'inutile petite flamme bleue du bec de gaz, dans la stupeur générale, une seule voix, la voix de Georges, ose répondre avec un sanglot, mais fidèle et généreuse :

« *Deo Gratias.* »

Paris. Janvier-Avril 1913.

FIN